Alexandre Dumas

O conde de Monte Cristo

Tradução e adaptação em português de
José Angeli

Ilustrações de
Rogério Soud

editora scipione

Gerência editorial
Sâmia Rios
Edição
Sâmia Rios
Preparação
Ana Luiza Couto
Revisão
Ana Cristina M. Perfetti,
Roberta Vaiano e Thiago Barbalho
Coordenação de arte
Maria do Céu Pires Passuello
Diagramação
Carla Almeida Freire
Programação visual de capa e miolo
Didier Dias de Moraes

editora scipione

Av. das Nações Unidas, 7221
Pinheiros
CEP: 05425-902 - São Paulo - SP

ATENDIMENTO AO CLIENTE
Tel.: 4003-3061

www.coletivoleitor.com.br
e-mail: atendimento@aticascipione.com.br

2019
ISBN 978-85-262-8312-1 – AL

CL: 737863
CAE: 262575
IS: 248703

2.ª EDIÇÃO
4.ª impressão

Impressão e acabamento
Gráfica Paym

Traduzido e adaptado de *Le Comte de Monte-Cristo*,
de Alexandre Dumas.
Paris: Hachette, 1943.

• ● •

Ao comprar um livro, você remunera e reconhece o trabalho do autor e de muitos outros profissionais envolvidos na produção e comercialização das obras: editores, revisores, diagramadores, ilustradores, gráficos, divulgadores, distribuidores, livreiros, entre outros.
Ajude-nos a combater a cópia ilegal! Ela gera desemprego, prejudica a difusão da cultura e encarece os livros que você compra.

• ● •

Dados Internacionais de Catalogação na Publicação (CIP)
(Câmara Brasileira do Livro, SP, Brasil)

Angeli, José
    O conde de Monte Cristo / Alexandre Dumas; tradução e adaptação em português de José Angeli; ilustrações de Rogério Soud. – São Paulo: Scipione, 2001. (Série Reencontro literatura)

    1. Literatura infantojuvenil I. Dumas, Alexandre, 1802-1870. II. Soud, Rogério. III. Título. IV. Série.

01-4857   CDD-028.5

Índices para catálogo sistemático:
1. Literatura infantojuvenil   028.5
2. Literatura juvenil   028.5

Este livro foi composto em ITC Stone Serif e Frutiger
e impresso em papel Offset 75g/m².

R**ENCONTRO** literatura

editora scipione

Roteiro de Trabalho

O conde de Monte Cristo
Alexandre Dumas • Adaptação de José Angeli

Edmond Dantés era um jovem marinheiro muito competente. Fora promovido a capitão de um navio e estava prestes a se casar com sua bela noiva Mercedes. Entretanto, foi vítima da inveja de Fernand Mondego, Danglars e Caderousse e dos interesses políticos de Villefort, que o levaram ao Castelo de If, prisão da qual só era possível sair morto.
O que seus inimigos não imaginavam era que Dantés mudaria o seu destino e se transformaria no misterioso conde de Monte Cristo.

RELEMBRANDO A HISTÓRIA

1. Escreva o nome dos personagens, de acordo com as características dadas:

a) _____ Pescador de Marselha que se tornou conde de Morcerf.

b) _____ Procurador do rei em Marselha e perseguidor dos simpatizantes de Napoleão Bonaparte. Enviou Dantés para a prisão.

c) _____ Próspero comerciante em Marselha, dono do navio *Faraó*. Acreditava na inocência de Dantés.

d) _____ Segundo imediato do navio *Faraó*; tornou-se um próspero banqueiro.

e) _____ Homem mesquinho e hipócrita, era dono da casa em que vivia o pai de Dantés.

f) _____ Prisioneiro do Castelo de If, era considerado louco por todos, pois afirmava ter uma enorme fortuna.

2. Procure no diagrama os nomes dos lugares que foram cenário da história, de acordo com as descrições que seguem:

C	A	R	O	S	A	F	A	M	O	D	P
C	A	S	T	E	L	O	D	E	I	F	A
S	E	A	R	I	L	N	U	R	A	U	R
I	E	H	D	V	E	E	L	B	A	H	I
I	N	I	N	E	V	I	U	E	T	E	S
M	O	N	T	E	C	R	I	S	T	O	N
C	S	A	S	G	F	E	D	H	E	O	L
C	A	U	E	O	A	R	E	A	A	I	S
C	M	A	R	S	E	L	H	A	I	S	I

a) Cidade portuária onde Dantés foi traído.

_____

b) Ilha onde Napoleão Bonaparte ficou preso temporariamente.

_____

c) Prisão para onde Edmond Dantés foi enviado.

_____

d) Pequena ilha onde havia uma enorme fortuna escondida.

_____

e) Capital da França, que também foi cenário da vingança de Edmond Dantés.

_____

Este encarte é parte integrante do livro *O conde de Monte Cristo*, da Editora Scipione. Não pode ser vendido separadamente.

3. Em que consistiu a traição preparada por Fernand Mondego, Danglars e Caderousse contra Edmond Dantés?

_____

_____

_____

_____

_____

_____

4. Que motivos cada um dos personagens abaixo tinha para querer a desgraça de Dantés:

Fernand Mondego

_____

_____

_____

Danglars

_____

_____

_____

_____

Caderousse

_____

_____

_____

5. Edmond foi preso e levado ao encontro de Villefort, o procurador do rei. Depois de explicar a situação, tinha certeza de que seria libertado.

a) O que aconteceu com Edmond no dia seguinte à sua prisão?

_____

_____

b) Por que Villefort quis livrar-se de Dantés?

_____

_____

_____

_____

_____

6. No Castelo de If, Dantés passou um longo tempo sem ter o que fazer, até encontrar-se com o abade Faria.

a) Como os dois prisioneiros se encontraram?

_____

_____

_____

b) O que o abade Faria ensinou a Edmond?

_____

_____

_____

c) Como os dois planejavam fugir?

_____

_____

_____

7. O abade Faria entregou a Edmond o mapa de seu tesouro e, pouco tempo depois, morreu. Essa morte deu a Edmond uma ideia de como fugir.

a) Como Dantés conseguiu fugir do Castelo de If?

_____

_____

_____

_____

b) A que lugar ele chegou?

_____

_____

8. Edmond Dantés foi resgatado por um barco de contrabandistas e retomou sua antiga profissão de marinheiro, mas seu objetivo era chegar à ilha de Monte Cristo. Como ele conseguiu chegar lá?

_____

_____

_____

_____

9. Depois de encontrar o tesouro e comprar um barco, Edmond voltou a Marselha. Lá ele con-

2 Roteiro de Trabalho

Encarte elaborado por **Rosana Correa Pereira El-Kadri.**

firmou suas suspeitas sobre os responsáveis por sua prisão e começou a executar sua vingança. Para isso, contou com a ajuda de alguns personagens. Explique quem são os personagens abaixo e como cada um ajudou Edmond em seu empreendimento.

a) Princesa Haydée

b) Bertuccio

c) Abade Faria

10. Edmond Dantés criou dois personagens tão misteriosos quanto o conde de Monte Cristo. Quem eram esses personagens?

11. A vingança de Edmond Dantés trouxe consequências não só para aqueles que o traíram. Explique como essa vingança atingiu os seguintes personagens:

Danglars

Caderousse

Fernand Mondego

Villefort

Albert de Morcerf

Mercedes

Valentine Villefort

ANALISANDO ALGUNS FATOS

O livro apresenta um panorama da época retratada, ao focalizar algumas instituições (casamento, igreja, nobreza etc.) através das ações de alguns personagens.

1. Como o capitão Danglars e o pescador Fernand Mondego tornaram-se nobres, respectivamente barão de Danglars e conde de Morcerf?

Roteiro de Trabalho **3**

_____

_____

_____

_____

_____

_____

2. Por que razão o senhor Villefort se casou pela primeira vez?

_____

_____

3. Quando Albert de Morcerf anunciou que pretendia se casar com a filha de Danglars, qual foi a reação de seus amigos?

_____

_____

4. Quando surgiu o príncipe Andrea Cavalcanti, Danglars resolveu que sua filha deveria se casar com ele, e não com Albert. Por que ele tomou essa decisão?

_____

_____

_____

_____

5. Mesmo sabendo que sua mulher o traía, Danglars continuou casado. Por que ele agia dessa forma?

_____

_____

_____

6. Valentine e Maximilian se amavam, mas ela ia se casar com Château-Renaud. Por que Valentine não podia se casar com o homem de sua escolha?

_____

_____

_____

_____

_____

7. Ao saber que sua mulher havia envenenado os avós de sua filha e seu criado, o senhor Villefort ordenou-lhe que se matasse. Como a senhora

Villefort reagiu a essa ordem?

_____

_____

8. A partir das respostas às questões acima, o que você pode concluir sobre:

- o papel da mulher na sociedade retratada no livro?

_____

_____

_____

- os motivos pelos quais homens e mulheres se casavam?

_____

_____

- os meios utilizados para fazer parte da nobreza?

_____

_____

_____

DANDO A SUA OPINIÃO

1. A vingança de Edmond Dantés foi proporcional à traição que sofreu? Explique.

2. Os atos de vingança de Edmond Dantés lhe trouxeram algum benefício? Explique.

3. É muito comum as pessoas quererem se vingar quando se sentem injustiçadas ou ofendidas por alguém. Qual é a sua opinião sobre isso?

FAZENDO UMA PESQUISA

1. Você sabe quem foi Napoleão Bonaparte? Imagina por que o rei Luís XVIII o temia tanto e perseguia seus simpatizantes? Pesquise em livros de História para saber mais sobre esse personagem importante da história da França.

2. O livro nos dá uma ideia de como era uma prisão, na França, no século XIX. Pesquise em jornais e revistas para saber como é uma prisão no Brasil atualmente. Com mais dois colegas, reúnam os dados pesquisados. Façam uma comparação entre as duas prisões e, em seguida, apresentem o resultado do trabalho para a classe.

SUMÁRIO

Quem foi Alexandre Dumas? 7
Um jovem capitão 9
Uma visita à casa paterna 13
A traição se completa 15
O noivado de Edmond e Mercedes 18
A justiça do rei 19
O Castelo de If 22
O prisioneiro e o carcereiro 24
A visita do governador ao Castelo de If 26
Um prisioneiro só e desesperado 30
Um amigo e professor 33
Os projetos e a doença do Abade Faria 35
O cemitério do Castelo de If 39
O náufrago resgatado 42
Os contrabandistas 45
A ilha de Monte Cristo 46
O tesouro dos Spada 49
O capitão Jacob 51
Um desconhecido em Marselha 53
Os males de Caderousse 54
O que aconteceu enquanto Dantes
    esteve na prisão 59
A joia de Caderousse 61
O crime de Caderousse 62
O banqueiro inglês 64
A empresa de Morrel e Filhos 67
Os "leões" de Paris 70

O jantar. 72

O conde e a condessa de Morcerf. 75

O senhor Bertuccio. 77

A vingança 79

Um banqueiro parisiense 82

Uma noite na Ópera. 85

A "linguagem" do senhor Noirtier. 87

O telégrafo 89

O príncipe Cavalcanti. 91

O local do crime. 95

O príncipe e o mendigo 97

Um novo projeto de casamento. 99

No gabinete do procurador Villefort 102

O abade Bussoni e o lorde Wilmore. 105

Noirtier contra Château-Renaud 108

Os venenos mortais 110

Uma passagem por Champs-Elysées 112

O traidor do príncipe Tabelin. 115

Os Morcef e o conde de Monte Cristo 117

O duelo. 119

O encontro de dois inimigos 121

O casamento de Eugenie,
     filha de Danglars 122

A estranha morte de Valentine 124

O procurador e seu pai 126

A verdade 127

O acerto com o banqueiro Danglars 129

A justiça 130

O processo 132

A loucura 133
O dinheiro de Danglars 136
O adeus 139
Ter fé e esperar 141
Quem é José Angeli? 144

QUEM FOI ALEXANDRE DUMAS?

Alexandre Dumas nasceu em 1802, na cidade de Villers-Cotterêts, no norte da França. Filho de general, teve infância e juventude abastadas. Começou a escrever muito cedo e tornou-se o mais fértil escritor de sua época, deixando cerca de trezentas obras, entre as quais noventa e uma peças de teatro.

Aos vinte anos mudou-se para Paris. Em 1829, sua primeira peça de teatro, *Henrique III*, foi encenada e muito elogiada pela crítica da época. Depois disso, alinhou-se aos romancistas famosos, como Victor Hugo. Os jornais publicavam diariamente capítulos de seus romances.

Com *O conde de Monte Cristo*, em 1844, tornou-se célebre e não parou mais de escrever. *Os três mosqueteiros*, *Vinte anos depois*, *A Dama de Monsoreau* e muitos outros romances foram publicados, quase todos contando partes significativas de três séculos da história da França. Em seus livros, os personagens vivem aventuras fantásticas, sempre em lutas contra inimigos poderosos. Por isso, suas obras foram chamadas de "romances de capa e espada".

Alexandre Dumas viajou por toda a Europa e ganhou muito dinheiro, que empregou em jornais, teatros e na compra de um castelo, onde viveu como um príncipe.

Morreu aos 68 anos, arruinado financeiramente e assistido por seu filho, também chamado Alexandre, que seguiu seus passos na literatura, escrevendo a célebre peça de teatro *A Dama das Camélias*.

Atualmente, Alexandre Dumas é o escritor francês mais lido em todo o mundo.

Um jovem capitão

Na tarde de 15 de fevereiro de 1815, um grande veleiro aproximava-se lentamente do porto de Marselha com sua bandeira a meio mastro. A mensagem era fúnebre: alguém com posto de comando havia morrido durante a viagem.

No cais do porto, entre a pequena multidão que se misturava aos trabalhadores do mar, um homem bem vestido observava, um tanto preocupado, as manobras do navio *Faraó*. Era o senhor Morrel, proprietário não só da embarcação, como também da valiosa carga que trazia em seus porões, vinda da Turquia.

Quando o *Faraó* encostou no cais e a prancha de desembarque foi arriada, os espectadores agrupados pela extensão do porto começaram a aplaudir e acenar seus lenços em sinal de boas-vindas.

O primeiro a desembarcar foi o imediato Edmond Dantés, um jovem marinheiro de porte altivo e andar elegante. Ao aproximar-se de Morrel, fez uma saudação militar e, em seguida, apertou a mão que lhe era estendida.

– Infelizmente, trago más notícias, senhor – disse Dantés, enquanto lhe entregava um pacote com o diário de bordo, as faturas das mercadorias e o relatório sobre as despesas realizadas durante a longa ausência. – O comandante, capitão Leclère, morreu atacado de uma febre tropical.

– Pobre capitão! – lastimou Morrel, e por alguns momentos ficou em silêncio, como se prestasse uma homenagem ao morto. Em seguida, voltou-se para Dantés e disse: – Parece-me que mesmo assim você conseguiu trazer o *Faraó* são e salvo. E as mercadorias?

– Estão todas em perfeito estado, no porão do navio. Acredito que ao final dessa viagem lhe sobrarão mais de vinte e cinco mil francos.

– Bravo, meu jovem! – exclamou Morrel, dando-lhe um amistoso tapa nas costas. – Creio que está na hora de encontrarmos um novo comandante para o meu navio. O que acha disso, Dantés? Aceitaria essa missão?

O jovem marinheiro estremeceu de surpresa e alegria.

– Acho que ainda sou muito jovem para tanta responsabilidade, pois mal completei vinte anos.

– Tanto melhor! – Morrel deu uma gargalhada. – Você será o capitão mais jovem de Marselha. Agora, ao trabalho, capitão Edmond Dantés!

Extremamente feliz com seu novo posto, o jovem agradeceu, apertando vigorosamente a mão de seu patrão.

– Nem sei como lhe agradecer, senhor! Prometo ser digno de sua confiança.

Danglars, o segundo imediato, responsável a bordo pelo controle das mercadorias e o pagamento dos marinheiros, aproximou-se já adivinhando o que os dois conversavam. Homem invejoso e mesquinho, era detestado pela equipagem do navio, que via nele um inimigo sempre pronto a prejudicar qualquer um, se isso lhe proporcionasse algum lucro.

– Como vai, Danglars? – perguntou Morrel. – Fez uma boa viagem, apesar dos contratempos?

– Foi uma viagem como tantas outras, salvo a morte de nosso querido comandante e o desvio do navio para a ilha de Elba, logo em seguida.

– Para a ilha de Elba? Mas por quê? – perguntou Morrel, surpreso.

– Por ordem de Dantés, apesar de eu não concordar. Pela idade e pela tradição no mar, penso que eu deveria comandar o navio na falta do capitão.

Morrel não deu importância ao que ele disse, mas continuou investigando:

– Ouvi dizer que é lá que o imperador Napoleão está preso, não é mesmo?

– Sim, senhor, é lá que está o usurpador. E não sou capaz de entender por que Dantés desceu sozinho num barco, levando um pacote, certamente destinado ao pequeno corso.

Um grave silêncio pairou sobre todos. Morrel tinha um ar visivelmente preocupado. Dantés demonstrava o maior desprezo pelo mesquinho Danglars, que, fingindo indiferença, aguardava ansioso o efeito de suas palavras.

– Edmond, com que finalidade você aportou na ilha de Elba? Sabe que isso não foi prudente.

– Senhor, antes de morrer, o comandante Leclère pediu-me que entregasse aquela encomenda ao imperador. Ele disse que era muito importante e me fez jurar que a entregaria nas mãos de Napoleão. Não pude me negar a atender ao último pedido de um moribundo, que, além disso, era meu comandante e amigo.

– Tem razão, meu bom Dantés – disse Morrel, para diminuir a importância do caso. – Você é um jovem honesto e isso me agrada. Chegou a ver o imperador?

– Sim, entreguei em suas próprias mãos uma carta que acompanhava o pacote.

– E você sabia qual era o conteúdo dessa carta?

– Não, senhor. Ela estava lacrada e não se pode violar a correspondência de ninguém.

– Muito bem, muito bem. Mas você esteve com Napoleão? Falou com ele?

– Algumas frases. Seu nome foi mencionado. Ele disse que teve um oficial chamado Morrel.

– Era meu irmão – Morrel ficou em silêncio. Pessoalmente, era um grande admirador de Napoleão Bonaparte, mas naqueles tempos era perigoso expressar esse sentimento. A França ainda se agitava com as façanhas do imperador deposto.

– Bem, senhor. Depois de concluir a descarga do *Faraó* e dispensar os marujos, gostaria de ter dez dias de folga. Preciso ir a Paris, pois trago uma carta de Elba para ser entregue num determinado endereço – disse Dantés, batendo no peito com um gesto significativo.

– Prudência, meu caro! – Morrel murmurou essas palavras e pegou Dantés pelo braço, afastando-o alguns passos de onde estavam. – Não deve mencionar isso a ninguém. É perigoso!

– Senhor, sou apenas um mensageiro. Não entendo nada de política e não quero me envolver em outra coisa que não seja meu trabalho de marinheiro.

– Mas hoje em dia qualquer contato com o imperador é perigoso. Essa carta pode lhe causar dissabores. Mantenha segredo disso.

Morrel estava visivelmente preocupado com a incumbência de seu novo capitão. Em Paris, as conspirações, e sobretudo as traições, varriam desde os palácios até os bandos de famintos que perambulavam pelas ruas, provocando agitações.

Dantés prometeu que tomaria todos os cuidados para evitar qualquer problema futuro. Como seu pai morava num bairro pobre, nas imediações de Marselha, pretendia fazer-lhe companhia por alguns dias antes de procurar o destinatário da carta.

Seu projeto, ainda mantido em segredo, era aproveitar o intervalo entre uma viagem e outra para casar-se com sua noiva Mercedes, uma bela moça que conhecia desde a infância, quando brincavam juntos. Havia convidado alguns amigos para a festa de noivado e sua intenção era realizar o casamento na mesma data. Antes de partir, estendeu o convite ao seu patrão e aos marinheiros do *Faraó*, inclusive Danglars, que, embora não considerasse um amigo, fazia parte da tripulação.

Uma visita à casa paterna

O velho pai ficou emocionado ao ver Edmond entrar na humilde casinha em que vivia. Sua solidão era compensada apenas pela certeza de rever seu único e querido filho depois das longas ausências.

Trôpego e visivelmente envelhecido, o velho abraçou o filho e chorou de felicidade.

– Ah! Meu filho, como fico feliz em revê-lo!

Edmond, depois de abraçar fortemente o pai, sentiu que seu corpo estava frágil e muito mais magro do que quando partira.

– O senhor não está bem. Parece-me um tanto doente.

– Agora que você chegou, voltarei a ser o mesmo velho Dantés de sempre. Não se preocupe, meu filho, são males passageiros, próprios da idade.

Edmond não se tranquilizou com as palavras do pai.

– O senhor passou alguma necessidade durante a minha ausência? O dinheiro que deixei não foi suficiente?

– Claro que sim, meu filho, mas tive de pagar o aluguel, que foi bastante aumentado pelo senhor Caderousse.

Edmond fez um gesto de contrariedade. Era evidente que o dinheiro deixado para alimentar seu pai fora usado no pagamento do insaciável senhorio. A fraqueza do velho estava explicada: havia passado fome em sua ausência.

– Ele aumentou novamente o aluguel? E não podia esperar que eu voltasse para receber? Com isso, o senhor passou muitas privações, não foi? Até mesmo fome!

– Um velho não precisa de muita coisa para se manter, meu filho. Afinal, aqui estou e, como vê, bastante saudável.

Uma batida na porta interrompeu o diálogo dos dois. Quem entrou foi justamente o senhor Caderousse, senhorio do velho Dantés.

– Vi quando você chegou, meu bom amigo! – exclamou, ainda da porta. – Fui avisado por Danglars e vim cumprimentar nosso bravo capitão!

Dantés recebeu o visitante friamente, porém com educação. Apesar de saber que aquele homem era hipócrita e mesquinho, achou melhor não provocar qualquer atrito com ele enquanto seu pai ocupasse aquela casa.

– Obrigado, meu caro Caderousse. Estou certo de que em minha ausência você deu toda assistência ao meu pai. Algum dia será recompensado por ser tão generoso.

Um sorriso entre irônico e satisfeito bailou no rosto barbudo de Caderousse. Ele não gostava de Edmond, por ser um jovem honesto, trabalhador e agora com um futuro promissor no comando do *Faraó*. Para uma alma mesquinha como a sua, isso era insuportável.

Haveria de juntar-se a Danglars e possivelmente a Fernand Mondego, um primo de Mercedes apaixonado por ela e sem esperanças, para tecer uma trama e tirar o jovem capitão de seus caminhos.

A traição se completa

Num passado distante, uma leva de catalães, fugida de perseguições políticas na Espanha, estabeleceu-se nas proximidades de Marselha e fundou uma aldeia. No lugarejo de apenas uma rua, os descendentes dos primeiros espanhóis ainda mantinham os mesmos costumes trazidos de sua pátria. Uma férrea união entre os membros da vila mantinha o grupo a salvo dos perigos e mazelas que perseguem os que vivem no exílio.

Nessa aldeia vivia Mercedes, a bela noiva de Edmond.

Quando o jovem capitão chegou, Mercedes atirou-se em seus braços. Três homens estavam do outro lado da rua, sentados ao redor de uma mesa em uma estalagem, e observavam tudo cheios de rancor e inveja.

Fernand, o primo rejeitado, passava a mão nervosamente no cabo do punhal que sempre trazia na cintura.

– Vou matar esse marinheiro antes que consiga casar-se com Mercedes! – exclamou, cheio de ódio.

– Se você o matar, terá o desprezo eterno da bela Mercedes. De nada lhe adiantará esse gesto. Existem outras formas de ganhar o coração de uma donzela, meu impulsivo amigo – disse Caderousse.

– E qual seria? Se você tem a fórmula, por que não me diz logo qual é? – Fernand falava quase murmurando, pronunciando cada palavra com dificuldade.

– Ora, meu caro, é só afastar o primeiro pretendente do caminho que o lugar no coração da noivinha ficará vago e poderá ser ocupado pelo segundo. – Um sorriso cheio de mistério bailou nos lábios do patife.

– Acho que tenho a solução para esse caso – disse Danglars, que já vinha arquitetando um plano contra o jovem capitão. – Sabemos que Dantés andou visitando Napoleão, o imperador deposto, um crime que nosso amado rei certamente não perdoará.

– Basta enviar uma carta anônima ao procurador do rei e ele fará o resto – completou Caderousse. Depois virou-se para o dono da estalagem e pediu: – Traga-me papel e tinta.

Danglars fingiu ser contra o plano:

– Denunciar um companheiro do mar é vergonhoso. Não farei isso nunca.

– Eu faço! – quase gritou Fernand, que não podia conter a terrível paixão que torturava seu coração.

Caderousse escreveu um bilhete, que depois amassou e jogou em um canto da sala, gesto que foi seguido atentamente por Fernand.

– Ora, ora, meu caro Fernand. Estamos falando apenas na possibilidade, ninguém está propondo denunciar Dantés.

Os três continuaram a beber, cada qual remoendo suas frustrações, até que Caderousse e Danglars partiram, deixando Fernand um tanto embriagado, debruçado sobre a mesa.

Assim que ficou só, Fernand apressou-se a pegar o bilhete escrito por Caderousse. Desamassou-o sobre a perna, leu o conteúdo e guardou-o no bolso da jaqueta.

O bilhete dizia o seguinte:

"Um amigo do rei informa ao Procurador de Marselha que o imediato do navio *Faraó*, Edmond Dantés, acaba de chegar da ilha de Elba, de onde trouxe uma carta de Napoleão Bonaparte destinada a algum conspirador de Paris. Assinado: Um fiel amigo do rei Luís XVIII."

Fernand apressou-se a fazer chegar a infame denúncia às mãos da autoridade máxima de Marselha.

Assim se consumava a traição dos três invejosos inimigos de Dantés.

O noivado de Edmond e Mercedes

Luís Dantés, o pai de Edmond, sorria feliz ao ver a pequena sala de sua casa repleta de convidados. Ali estavam seus velhos amigos, os pescadores e trabalhadores do mar, os marinheiros do *Faraó*, os parentes de Mercedes, que faziam parte da colônia espanhola, e ainda os três homens que conspiravam contra a felicidade dos noivos. Fernand estava taciturno e bebia vinho afastado dos demais; Danglars estava junto de Caderousse e trocavam palavras murmuradas, comentando sobre cada um dos presentes. Seus rostos demonstravam ironia enquanto apontavam defeitos nas pessoas ao redor.

Pouco tempo depois, chegou o senhor Morrel, dono do navio *Faraó* e um dos homens mais importantes de Marselha, que honrava seu jovem capitão, vindo desejar-lhe felicidades.

O ambiente era alegre e Mercedes cumprimentava a todos, oferecendo bebidas e algo de comer. Dantés, abraçando com carinho o pai, conversava animadamente com seu patrão, planejando novas viagens no comando do *Faraó*.

Alguns catalães já empunhavam os violões e ensaiavam cantar as belas canções de sua terra natal. Dentro de poucos minutos, o casamento seria realizado e o escrivão preparava o livro de registro e as canetas sobre a mesa central da sala.

Nesse momento, três fortes batidas fizeram vibrar a porta de entrada da casa.

– É a polícia! Abram em nome do rei!

Houve um murmúrio geral. Edmond adiantou-se e com gestos amplos tranquilizou a todos.

– Deve ser engano. É provável que tenham errado o endereço – disse calmamente, enquanto abria a porta para os recém-chegados.

– Quem é Edmond Dantés? – perguntou o oficial, que comandava dois soldados.

– Sou eu – respondeu o jovem.

– O senhor está preso. Acompanhe-nos.

O senhor Morrel aproximou-se.

– Deve haver algum engano, senhores. Esse jovem é meu capitão, uma pessoa acima de qualquer suspeita. Vocês me conhecem, não?

– Nada posso fazer, senhor. Somente cumpro ordens – disse o oficial. – E tenho ordem para conduzir o prisioneiro até a presença do senhor procurador do rei.

E assim a festa esvaziou-se. Os convidados, aturdidos com aquele acontecimento, eram incapazes de imaginar por que o jovem Edmond havia sido preso.

Somente os três conspiradores não se surpreenderam. A sórdida trama começava a ser executada.

A justiça do rei

O senhor Villefort era o jovem procurador do rei e substituía o titular, que estava em viagem a Paris. Coincidentemente, era recém-casado com uma rica herdeira, Renée, filha do marquês de Saint-Méran, amigo pessoal do rei Luís XVIII.

Ambicioso e sem escrúpulos, tinha como meta de vida chegar ao posto máximo na Procuradoria Real, em Paris. Para tanto, já montara e começava a executar seus planos. Casar com a herdeira de um marquês e tê-lo como sogro fora um golpe de sorte inacreditável. Agora só faltava preparar o caminho em direção ao seu brilhante futuro.

Havia, porém, um sério obstáculo em sua vida. Seu pai, Noirtier de Villefort, conhecido somente pelo primeiro nome, era um dos grandes amigos e seguidor do imperador deposto, Napoleão Bonaparte. Se isso fosse descoberto, sua carreira estaria arruinada. Talvez até perdesse a esposa e, certamente, não contaria mais com a proteção do sogro.

Quando os policiais revistaram a casa de Edmond, encontraram a carta enviada pelo imperador a seu amigo em Paris. Felizmente, para Villefort, o grande envelope lacrado não trazia qualquer endereço, pois Edmond o havia anotado num papel.

Como o destino muitas vezes prega dolorosas peças em inocentes e ingênuos personagens, o destinatário era justamente Noirtier de Villefort, o pai do jovem procurador. Ele só ficou sabendo disso ao interrogar Edmond.

– Recebi uma grave denúncia contra você, meu jovem. Não me parece que seja um criminoso; por isso, se responder com honestidade, logo estará em liberdade. Conte-me como essa carta chegou a suas mãos e a quem se destina.

Calmamente, Edmond contou tudo, desde a ordem de seu capitão para aportar na ilha de Elba até sua chegada ao porto de Marselha com a carta, que agora estava diante do procurador.

– Você sabe qual é o conteúdo desta carta? – Villefort fez a pergunta energicamente. – Conhece o destinatário?

– A resposta para as duas perguntas é não, senhor. Tenho aqui o endereço de Paris onde deveria entregar a carta: destina-se ao senhor Noirtier, que reside na rua Coq-Heron, em Paris.

Edmond entregou o cartão a Villefort, que o segurou com as duas mãos. Assim que leu o endereço e confirmou suas suspeitas, ficou extremamente pálido. Uma tontura nublou seus olhos e ele só não caiu porque se jogou para trás na ampla poltrona. Com a voz débil, quase num sussurro, perguntou:

– Jura não conhecer esse endereço? Jura não saber o que diz essa carta? – Com gestos vagos, mostrava o envelope sobre a mesa.

– Juro, senhor. Jamais violaria uma correspondência!

Um longo silêncio pairou sobre o amplo gabinete. Num tremendo esforço, Villefort conseguiu dominar os nervos e dissimular a tremedeira das mãos.

– Acredito em você, meu bom homem. Parece-me sincero; na sua idade, ninguém seria capaz de fingir tão bem.

Levantou-se e andou pela sala com a mão no queixo, como se refletisse intensamente.

– Bem, mas temos aqui um problema. A denúncia existe e preciso dar um destino a ela. Acho que o melhor a fazer é destruir essa carta, assim não haverá qualquer prova contra você. Quanto ao endereço de Paris, terá de apagá-lo da memória para sempre. Se me jurar que fará isso, poderemos dar o caso por encerrado.

Cheio de felicidade, Edmond beijou a mão daquele que julgava ser seu benfeitor.

– Juro pela vida de meu pai e pela felicidade de minha noiva que meus lábios e minha memória estarão selados para sempre – Edmond falou com o arroubo próprio de quem deseja cumprir a palavra empenhada.

– Muito bem, muito bem – Villefort aproximou-se da lareira e jogou a carta no fogo. Quando restavam apenas cinzas, voltou-se para o jovem marinheiro e disse: – Cumpri minha parte, espero que cumpra a sua. Agora será conduzido até um alojamento, onde passará a noite. Amanhã providenciaremos sua completa desvinculação de qualquer fato que possa lembrar a ilha de Elba ou Napoleão Bonaparte.

Tocou uma sineta e ordenou ao guarda que conduzisse o prisioneiro até um dos alojamentos dos militares que guardavam a repartição pública.

Na realidade, a existência de Edmond Dantés transformou-se numa terrível ameaça contra Villefort, que não poderia deixar livre alguém que possuía a chave de sua destruição. Era necessário tirar o jovem marinheiro de circulação para sempre. Sentou-se à sua ampla mesa e escreveu a sentença que seria a desgraça de Edmond.

O Castelo de If

Edmond passou uma noite tranquila em uma cama do corpo da guarda. Na madrugada do dia seguinte, um sargento entrou, dizendo-lhe que sairiam dali. Logo uma carroça própria para conduzir prisioneiros rolou pelas ruas irregulares, até chegar ao cais do porto. Edmond foi colocado num barco que já os esperava. Quatro marinheiros remaram para o largo, como se fossem ao encontro de um navio.

Edmond começou a ficar angustiado.

– Para onde estão me levando? – perguntou ao sargento sentado diante dele, que mantinha o rosto impassível.

– Você não é marinheiro? Então veja nossa rota e calcule o destino – respondeu o militar, soltando uma gargalhada divertida.

Virando-se no banco, Edmond Dantés vislumbrou, ao longe, a silhueta assustadora da ilha de If, com seu sinistro castelo-prisão. Um grito de horror irrompeu de sua boca. Aquela era a prisão dos condenados à prisão perpétua, um lugar de onde ninguém saía vivo. Por muitos séculos, os infelizes só saíam dali mortos, costurados num feio saco de aniagem lançado do alto das muralhas para o oceano.

– Isso mesmo, meu herói! – gargalhou o sargento. – É nesse lugar que você passará o resto de seus dias. Não há esperança para quem entra no Castelo de If. A única saída possível é a morte.

– Meu Deus, por que esse castigo? Sou inocente! Não fiz nada que mereça uma punição tão terrível!

– Todos dizem a mesma coisa. Todos os inocentes da França vêm para esse castelo. Você será apenas mais um. Console-se, portanto. – Havia uma ironia devastadora nessas palavras. Edmond parecia estar vivendo o pesadelo mais terrível que um homem poderia sofrer.

Num gesto de desespero, levantou-se e tentou se jogar no mar. Preferia morrer a ser enterrado vivo numa prisão sem ter cometido crime algum. Os soldados, porém, foram mais rápidos. Dois deles agarraram-no pelos braços e pernas e o subjugaram no fundo do bote.

– Se tentar escapar outra vez, será morto! – bradou, irado, o sargento.

Logo chegaram ao pequeno porto da sinistra ilha. Subiram uma longa escadaria esculpida na pedra bruta e chegaram diante dos enormes portões de ferro que separavam a liberdade da prisão.

Dantés foi conduzido pelo carcereiro por um corredor frio e escuro e encerrado numa cela onde a fraca luz do dia entrava por uma claraboia gradeada no alto. Naquele lugar úmido e silencioso, isolado do mundo, sentiu que uma assustadora realidade começava a mudar sua vida para sempre.

Edmond Dantés, o marinheiro jovial e cheio de vida que teve a infelicidade de cruzar com os poderosos da França em seu humilde caminho, começou a cumprir uma longa e desesperadora pena.

O prisioneiro e o carcereiro

Os primeiros dias passados naquela lúgubre cela foram de total desespero para Edmond. Apenas a fraca claridade que entrava pela pequena abertura gradeada no alto permitia saber que lá fora o sol brilhava. Chorando e rezando, a única esperança de Edmond era ser ouvido pelo governador, diante do qual haveria de provar sua inocência.

Toda vez que o carcereiro lhe trazia o prato de comida e a jarra com água, ele implorava:

– Senhor, preciso ver o governador. Preciso falar-lhe sobre o terrível engano de que estou sendo vítima. Juro que sou inocente!

– Não é possível falar com o governador. Pensa que ele está à disposição de qualquer um? – O guarda, apesar de não ser um mau sujeito, achava absurdo um prisioneiro qualquer ter a pretensão de querer uma audiência com um homem de tanta importância.

– Mas preciso falar-lhe. Preciso provar a injustiça de minha prisão.

O homem deu de ombros. Cada prisioneiro tinha uma história para contar e ele não estava disposto a dar ouvidos a essas lamúrias.

– Quem sabe no dia em que ele nos fizer uma visita e resolver ouvir todos os hóspedes de seu castelo. Sei lá! Não posso fazer nada.

– Então não comerei mais nada. Morrerei de fome, pois não aceito ficar aqui encerrado sem nada dever.

O carcereiro olhou demoradamente para o rosto barbado e sofrido do jovem.

– Olhe, meu caro, eu o aconselho a abandonar esse projeto. Você deve comer para poder aguentar melhor a situação. Não é difícil ficar com o miolo mole aqui. Temos um velho abade, do outro lado do corredor, que pensa ser milionário. Já me ofereceu um milhão de francos pela liberdade. Pobre louco!

– Não tenho dinheiro e estou em pleno domínio de minha mente. – Edmond começou a se irritar com o modo de falar do outro. – Só quero falar com o governador e provar minha inocência. Só isso!

– Só isso! Só isso! – O guarda fechou a porta e, pela pequena abertura que havia no alto, falou: – Trate de comer e pensar em outras coisas ou ficará louco como o abade.

A visita do governador ao Castelo de If

As noites e os dias passavam lentamente. Comer, dormir, andar pela cela de uma parede a outra, contando cada passo, observar as luzes do dia penetrando pela pequena abertura no alto, ver o sol, a chuva e escutar os sons trazidos pela brisa: essa era a terrível e enervante rotina.

Foi-se a primavera, o verão passou e chegou o inverno, com os ventos gelados tornando ainda mais tristes os pensamentos de Edmond.

Logo aprendeu a distinguir os mais leves ruídos, como o bater de asas de uma gaivota e o roçar de um remo nas bordas do barco. Aprendeu também que a única forma de resistir àquele horror era fortalecer o corpo com o máximo de alimentos que conseguisse ingerir e treinar o espírito através de meditação e orações.

Certo dia, ouviu barulhos diferentes: o correr dos portões sobre os gonzos, o bater rítmico das botas militares sobre as pedras do pátio e vozes misturadas a gritos de comando. Alguma autoridade devia estar chegando ao castelo.

Cheio de curiosidade, esperou que os ruídos se aproximassem de sua cela. Logo ouviu o barulho da chave girando na fechadura e a porta se abriu.

– Este é o marinheiro de que lhe falei – disse o diretor da prisão. – Trata-se de um homem violento, que tentou agredir o carcereiro quando ele lhe disse que era impossível marcar uma audiência com Vossa Excelência.

Dantés aproximou-se. Sabia que seu aspecto era lastimável. Durante todo o tempo em que estava preso não haviam cortado seu cabelo ou a barba. Estava vestido com os andrajos que um dia tinham sido suas roupas e certamente não cheirava bem.

Tentando sensibilizar o governador, ajoelhou-se e, de mãos postas, falou com a voz embargada:

– Excelência, realmente perdi a cabeça por alguns momentos, mas estou perfeitamente lúcido. Peço-lhe que examine o meu caso. Sou inocente. Não existe qualquer acusação contra mim. Não passo de um pobre marinheiro cuja vida foi virada pelo avesso apenas por obedecer às ordens de meu comandante e ser portador de uma mensagem cujo conteúdo sempre desconheci.

O governador olhou detidamente para o prisioneiro. Alguma coisa lhe dizia que era sincero. Conhecia todas as artimanhas dos condenados, pois há muitos anos tratava com eles.

– Então pede clemência? – perguntou o governador.

– Não, Excelência. Peço que se faça justiça! – exclamou Dantés, emocionado.

– Desde quando está preso?

– Desde 26 de fevereiro de 1815 – respondeu.

– Estamos em 30 de julho de 1816, um ano e cinco meses somente.

– Somente, Excelência? Para quem iria se casar naquele mesmo dia e logo assumiria o comando de um navio do senhor Morrel, é como se fossem séculos! Se ao menos eu soubesse por que estou aqui!

O governador fez um gesto com a mão, chamando o diretor da prisão.

– De quem partiu a ordem da prisão?

– Do senhor Villefort, Excelência.

– Bem, o senhor Villefort não reside mais em Marselha. Agora está em Paris, a serviço do rei. – E, voltando-se para Edmond, acrescentou: – Verificarei em sua ficha carcerária quais foram as recomendações do senhor Villefort e então comunicarei o resultado. Foi ele que mandou prendê-lo?

– Ao contrário, tratou-me como amigo e afirmou que no dia seguinte eu seria libertado. Não entendo por que vim parar aqui.

– Então deve haver alguma anotação em sua ficha que possa beneficiá-lo.

– Assim espero, Excelência.

A comitiva saiu, deixando Edmond ajoelhado, de mãos postas, rezando fervorosamente para que o governador examinasse seu caso e, finalmente, a justiça fosse feita.

O governador fez questão de conhecer o estranho abade que se dizia dono de um grande tesouro.

– O senhor está sendo bem alimentado? – perguntou ao prisioneiro, ao ver suas faces macilentas e o corpo magro e frágil. Os olhos grandes e febris davam-lhe um ar de loucura que assustou um pouco o governador.

– Nada me falta senão a liberdade – respondeu altivamente o velho religioso.

– Pelo que fiquei sabendo, poderia comprá-la, afinal é dono de um grande tesouro – comentou sarcasticamente o diretor da prisão.

– Se me fosse possível usá-lo, poderia não só comprar minha liberdade, como a de Napoleão Bonaparte e até mesmo da Itália.

– Quem tem tamanha fortuna não deveria estar numa prisão, e sim num castelo – retrucou o governador. – Realmente, nosso amigo abade é, como dizem, um louco com mania de grandeza.

– Não sou louco. Apenas não acreditam em mim. O pior cego é aquele que não quer ver, como diz a Bíblia.

Com um gesto de pouco-caso, o governador retirou-se, seguido por seus acompanhantes.

Depois, no gabinete do diretor da prisão, examinou as fichas dos prisioneiros.

No prontuário de Edmond Dantés estava escrito: "Seguidor de Napoleão. Muito perigoso. Mensageiro de segredos trazidos da ilha de Elba, que se nega a revelar. Esse prisioneiro exige segurança máxima".

Depois de ler e reconhecer a letra de Villefort, não teve outro recurso senão acrescentar: "Nada a fazer pelo prisioneiro".

Um prisioneiro só
e desesperado

O tempo passava lentamente. Dantés esperava dia após dia pela resposta que o governador prometera. Cada vez que o carcereiro chegava com a comida, perguntava-lhe cheio de ansiedade:

– E então, meu amigo, alguma notícia do governador?

– Não, até agora nenhuma. Mas não perca as esperanças, talvez chegue logo. – O guarda tinha pena daquele jovem atirado num lugar onde a palavra liberdade não existia. Mas o que poderia fazer em seu favor? Ele também, de certa forma, era um prisioneiro, pois só podia sair dali um dia por mês, e assim mesmo não tinha licença para afastar-se da cidade. – Essa gente faz tudo muito devagar.

Os meses foram passando até completar um ano sem que nada modificasse a enervante rotina do castelo.

Um dia, porém, o diretor foi substituído e com ele se foram os antigos guardas. Os presos já não eram mais identificados por seus nomes de batismo, mas por um número. Edmond recebeu o número 34, que seria sua única identificação dali em diante. Aquela mínima relação possível entre o encarcerado e seu algoz já não existia mais.

Raiva, desespero, medo, solidão, tristeza iam se alternando na vida do infeliz marinheiro, enquanto o tempo passava, devorando suas esperanças.

Não tinha o que ler e os poucos livros que passavam por suas mãos não lhe ficavam na memória. Frequentara a escola por pouco tempo e sua cultura era rudimentar. Por isso, tentava preencher o longo tempo disponível com sonhos de liberdade.

Certo dia, quando estava jogado sobre o catre, tentando imaginar onde estariam todos os seus entes queridos, ouviu um leve ruído vindo do fundo da cela. Era um som áspero, como se alguém esfregasse um objeto contra as pedras.

Sobressaltado, encostou o ouvido no lugar de onde vinha o estranho barulho e esperou, com a respiração suspensa.

Logo uma batida soou próximo de sua cabeça. Alguém parecia estar cavando do outro lado da parede.

Edmond assustou-se. Poderiam ser os guardas que construíam ou demoliam uma parede ou abriam alguma porta.

A curiosidade e a esperança de ver outro ser vivo fez com que batesse fortemente com os punhos contra a parede.

– Tem alguém aí? Alguém me ouve? – gritou.

Fez-se um longo silêncio.

"Se for um operário fazendo qualquer coisa, logo reiniciará o barulho. Se for um prisioneiro cavando um túnel para fugir, ficará em silêncio até amanhã", pensou. "Um preso tentando fugir certamente ficaria com medo de ser descoberto."

Um grande silêncio, que perdurou por toda a noite, parecia confirmar a sua previsão. Edmond ficou preocupado. Teria o prisioneiro do outro lado da grossa parede se assustado e desistido definitivamente de continuar cavando?

Com o ouvido colado à parede, ficou a noite toda em claro, esperando qualquer movimento, mas nada aconteceu.

Somente alguns dias mais tarde, o mesmo ruído, agora mais nítido, teve início logo depois da última ronda. Não havia dúvida de que alguém estava cavando um túnel com um objeto que produzia o som de um cinzel sobre a rocha.

Edmond bateu fortemente com as mãos na parede, mas não foi ouvido, pois o trabalho continuou de forma metódica. Aquela novidade tomou conta de seu espírito e de seu tempo. Passava horas deitado junto da parede com a respiração suspensa, atento, como se a qualquer momento fosse surgir a salvação.

Edmond pensou muito numa maneira de se fazer ouvir. No dia seguinte, quebrou o cabo de uma caçarola velha que lhe servia de reservatório de água e, com a ponta mais aguda, começou a tentar soltar o bloco de pedra que julgava corresponder ao mesmo que o outro cavava.

Passadas duas horas da meia-noite do segundo dia, o ruído estava tão nítido que Edmond resolveu chamar pelo desconhecido.

– Aqui é um prisioneiro que fala. Quem está aí? – disse em voz alta, com as mãos em concha, junto da pedra quase solta.

Um silêncio mortal seguiu-se a essas palavras. Passados alguns minutos, Edmond ouviu, com a alma em sobressalto, uma voz que parecia brotar do solo:

– Ouço afinal uma voz amiga. Quem é você?

– Um infeliz prisioneiro. Meu nome é Edmond Dantés, número 34.

– Ai de mim! – exclamou a voz do outro lado. – Então errei meus cálculos. Trabalhei em vão todos esses anos!

Após mais alguns esforços, conseguiram afastar um dos blocos de pedra e a cabeça de um velho emergiu do buraco.

Ficaram sentados um diante do outro, olhando-se e fazendo perguntas que não eram respondidas, pois um atropelava a fala do outro.

Afinal, pedindo calma com um gesto, o velho falou:

– Meu número é 27 e meu nome é Faria, abade Faria. Sou um religioso. Há anos venho trabalhando na abertura de um túnel para a liberdade. Infelizmente enganei-me nos cálculos e vim sair aqui. Anos de trabalho perdido por um estúpido erro de cálculo, ou melhor, pela falta de um simples compasso. – O velho segurou a cabeça entre as mãos e chorou silenciosamente, enquanto Edmond, compassivo, afagava suavemente suas costas.

– Calma, meu bom homem. Afinal, agora estamos juntos e poderemos dividir não só nossas tristezas, mas também nossas poucas alegrias.

Nas noites seguintes, cada qual contou sua história com muitas minúcias, pois o tempo disponível era enorme, bem como o prazer de escutar uma voz amiga.

Um amigo e professor

Quando Edmond contou suas desditas ao velho abade, este lhe fez muitas perguntas e esmiuçou cada acontecimento dos dias que antecederam a sua prisão.

– Se quiser encontrar o culpado de um crime ou de uma traição, procure aquele que pode se beneficiar com isso – disse o velho prisioneiro. – Vamos aos fatos: Danglars seria seu sucessor natural no comando do *Faraó*; portanto, tinha interesse em seu afastamento. Fernand era apaixonado por Mercedes e também gostaria de vê-lo longe. Caderousse, pelo que pude deduzir, é um homem de péssimo caráter e não aceita o sucesso alheio.

– O que não consigo entender é por que Villefort, tendo queimado a carta comprometedora, não conseguiu impedir minha prisão.

– Meu caro e ingênuo amigo, o nome completo do destinatário da carta é Noirtier de Villefort, pai do procurador do rei. Conheci Noirtier em Roma, quando lá esteve com Napoleão. Como Villefort é um alto funcionário da justiça, muito próximo ao rei, não podia permitir que soubessem que a fatídica mensagem de Napoleão destinava-se a seu próprio pai, e menos ainda que descobrissem de quem ele é filho!

– Meu Deus, então Villefort foi o causador de toda a minha desgraça!

– Não só ele. Os culpados são quatro. Villefort apenas selou a sua sorte, determinada pela traição dos outros três, que devem ter feito a denúncia ao procurador do rei.

– Malditos! – urrou Edmond, cheio de ódio. – Malditos! Ah! Se um dia eu puder exercer minha vingança, ela será terrível! Mais terrível que a morte!

No ano que se seguiu às dolorosas revelações feitas pelo abade Faria, Edmond Dantés foi um aluno aplicado. Todos os conhecimentos do velho religioso foram-lhe ministrados noite após noite, como uma herança que recebesse em vida. Aprendeu matemática, italiano e latim, além de física, química e filosofia e as maneiras aristocráticas de se comportar nos salões nobres da corte.

Com o passar do tempo, o humilde e ignorante marinheiro, mesmo entre os muros inexpugnáveis da prisão, foi se transformando em um homem de profundos conhecimentos.

Apesar de bastante idoso e enfraquecido, o abade Faria não abandonava a ideia de fugir daquela prisão. Corrigiu seus cálculos e agora podia contar com a força de Edmond, o que renovava sua esperança no sucesso da empreitada.

Os projetos e a doença do abade Faria

Desde o primeiro instante, o religioso reconheceu em Dantés uma alma pura e injustiçada, que poderia resultar num grande aliado, não só para levar a fuga a bom termo, como também para colaborar com seus planos. Para isso, era necessário insuflar a ânsia de liberdade na alma do jovem marinheiro, além da força e determinação proporcionadas pelo ódio e o desejo de vingança.

O abade acompanhava com alegria o trabalho de seu companheiro no novo túnel, agora com o rumo corrigido, e calculava que estaria pronto em mais ou menos um ano de trabalho árduo.

Certa madrugada, em seu leito, Dantés escutou o chamado angustiado de Faria.

– Edmond, ajude-me! Venha depressa ou estarei perdido!

O jovem apressou-se em atender ao religioso, que estava deitado e sofrendo com convulsões assustadoras.

– O que você tem, meu amigo? O que posso fazer para ajudá-lo? – Ajoelhado ao lado do catre, Edmond não sabia o que fazer.

– Calma, Edmond. Já tive isso antes. Sob a cabeceira de minha cama há um pequeno frasco, escondido entre alguns trapos. Pegue-o e traga-me imediatamente. Tenho de tomar algumas gotas ou estarei morto em poucos minutos.

Edmond fez o que o abade lhe pediu. Adicionou algumas gotas em um pouco de água e deu-a para o velho beber.

– Não quer que eu chame o carcereiro para ser mais bem atendido?

– Nem pense nisso! Eu seria levado para outro lugar e, então, adeus sonhos de fuga! – O velho falava com voz fraca, mas dando muita ênfase a cada palavra.

Em seguida, caiu num sono profundo, com a respiração fraca, como se estivesse quase morto. Por várias horas, Edmond velou o sono do amigo, preocupado com o seu estado, porém, ao amanhecer, foi obrigado a voltar para sua cela. Colocou a pedra de volta no lugar para não deixar qualquer vestígio de sua passagem.

Passados dois dias, o velho estava completamente recuperado, mas em seu semblante havia uma nuvem de tristeza que deixou Edmond muito preocupado.

O trabalho de abertura do túnel prosseguia, sem o mesmo ímpeto e entusiasmo de antes. Finalmente, o abade chamou Edmond e pediu:

– Sente-se, meu caro. Passei esses dias meditando muito e cheguei à conclusão de que você deve conhecer o meu segredo. Escute com atenção, pois trata-se da posse de uma incalculável fortuna. Se algum dia poderá desfrutar dela ou não é uma decisão divina, mas, como sei que tenho pouco tempo de vida, quero torná-lo meu herdeiro.

– Espero que suas previsões estejam erradas, senhor – disse Dantés sinceramente.

– Infelizmente não estão. Sei que vou morrer logo. O último ataque que sofri foi um aviso, mas não fique triste. Afinal, já tenho idade para encarar o julgamento diante do Supremo, do qual espero mais misericórdia do que recebi neste mundo. Bem, meu amigo, possuo um tesouro tão grande que supera a mente mais imaginosa.

Edmond fez um gesto de impaciência.

– Calma, sei que é difícil acreditar nisso, ainda mais partindo de um velho que todos acreditam estar louco. Durante esse tempo em que convivemos, acho que você pôde comprovar a minha lucidez; portanto, escute-me com atenção.

O abade contou-lhe então a seguinte história:

– Em 25 de maio de 1498, o cardeal César Spada foi convidado para jantar com Sua Santidade o papa Alexandre VI. Ele sabia que desses jantares poucos saíam vivos, pois o papa tinha o terrível costume de envenenar seus convivas e apossar-se de suas joias, dinheiro, castelos e títulos. Prudentemente, o cardeal, que muito tempo antes havia escondido sua enorme fortuna, deixou um bilhete legando tudo ao sobrinho Guido Spada e indicando-lhe o lugar onde se encontrava o tesouro. Tenho aqui comigo o mapa, que, apesar de incompleto, por ter uma parte queimada, ainda poderá indicar o local onde se encontra essa fortuna. Sei que fica nas grutas da ilha de Monte Cristo, em território italiano. Trabalhei com os Spada por mais de uma década, até serem obrigados a fugir para outro país. Deixaram-me a mansão com tudo o que havia dentro. Esse mapa recebi do último descendente deles, ainda na Itália. Já não acreditavam mais que pudessem recuperar os bens do cardeal.

Depois de examinar longamente o estranho pergaminho, Edmond exclamou, cheio de admiração:

– Mas então o tesouro existe mesmo! E durante todos esses anos o senhor foi considerado louco!

– É verdade, meu filho. Se você conseguir sair daqui, ele será seu.

– Não, ele não me pertence. Iremos buscá-lo juntos!

O abade sorriu tristemente e abraçou aquele homem tão jovem e honesto. Os dois choraram abraçados, filhos do infortúnio unidos pela mesma dor e pela mesma fé.

Passado menos de um ano depois daquela revelação, o abade morreu durante a madrugada, após uma crise de febre e tremores. Impossibilitado de velar o corpo do amigo, Edmond rastejou de volta para sua cela e esperou até a hora da refeição, quando certamente os guardas encontrariam o corpo do pobre abade.

Logo chegou o diretor da prisão acompanhado de alguns soldados e do médico, para atestar a morte do preso.

– Está morto. Podem providenciar a sepultura. – Dantés ouviu com dificuldade através da grossa parede.

– Sua sepultura será o mar – disse-lhe o diretor. – Esta noite o corpo será enfiado num saco e atirado pela amurada.

O médico deu de ombros. O homem estava morto e pouco lhe importava o que fizessem do cadáver.

– Fechem a cela e à meia-noite, durante a troca da guarda, providenciem o sepultamento – ordenou o diretor, apressando-se em sair daquele ambiente lúgubre.

Assim que o silêncio caiu sobre a cela, Edmond removeu a pedra e foi fazer companhia ao amigo morto.

O cemitério do Castelo de If

Edmond estava de joelhos, rezando pela alma do amigo morto, quando subitamente se lembrou das palavras do diretor: "Sua sepultura será o mar. À meia-noite, providenciem o sepultamento". Um raio trespassou seu cérebro. Trêmulo de ansiedade e pavor, voltou para sua cela e, depois de cerrar a abertura do túnel, atirou-se no catre e ficou um longo tempo num estado de espírito próximo da loucura.

– Meu Deus, dai-me forças para fazer o que estou pensando. Sei que isso ultrapassa os limites da sanidade, mas quero, preciso fazê-lo.

Até o anoitecer, quando os guardas chegaram com sua comida e o saco onde enfiariam o corpo do abade, Edmond sentiu o coração oprimido como se em seu peito houvesse um grande peso de ferro. O medo apertava-lhe a garganta e secava-lhe a boca, provocando calafrios por todo o corpo.

Uma hora antes da meia-noite, passou decidido para a cela do abade. Rompeu as costuras do rústico saco de lona, retirou o corpo de seu amigo, arrastou-o até sua cela e deitou-o em sua própria cama, cobrindo-o com seu esfarrapado cobertor. Depois, munido de uma grossa agulha e uma faca feitas pelo abade morto com pedaços de panelas, enfiou-se dentro do saco e costurou bem a abertura, até não passar nem sequer um facho de luz.

Assustado e apreensivo, aguardou o fatídico momento em que seria atirado ao mar.

Quando chegou a hora, Dantés ouviu os passos dos guardas e sua coragem fugiu completamente. Teve ímpetos de desistir, mas o medo era tão grande que paralisou seus músculos.

Dois guardas jogaram o corpo sobre uma maca e carregaram-na, enquanto um terceiro iluminava o caminho com uma tocha. Assim marcharam na direção das muralhas.

Logo Edmond pôde ouvir o embate das ondas contra as rochas. Uma corda foi amarrada aos seus pés.

– É melhor amarrar um peso, para que afunde logo – disse uma voz ofegante, enquanto completava os nós em torno de seus tornozelos.

Dois homens agarraram o corpo, um pelos pés, o outro pelos ombros. O terceiro segurava o peso. Enquanto balançavam o corpo sobre o abismo, um deles comentou:

– Para um velho, está bem pesado nosso abade.

– Deve ter engolido seu tesouro – comentou o outro, e os três soltaram estrondosas gargalhadas.

– Um, dois, três – E Edmond sentiu que flutuava no espaço. Parecia nunca chegar ao fim. O terror quase fez explodir seu coração durante a queda, até sentir o impacto de seu corpo contra a água.

O saco mergulhou rapidamente no mar gelado. Edmond sabia que morreria se não se livrasse daquele peso nos pés e do saco que envolvia seu corpo.

Golpeou furiosamente as costuras do saco com a faca, até conseguir tirar metade do corpo para fora, enquanto o peso o levava cada vez mais para o fundo. Com muito esforço, livrou-se do peso e depois bracejou vigorosamente, até chegar à superfície. Seu peito estava dolorido e um acesso de tosse sacudiu seu corpo, enquanto se libertava completamente daquela mortalha.

Olhando para o castelo no alto, Edmond ainda pôde vislumbrar as silhuetas dos guardas que se movimentavam pela muralha. Mergulhou outra vez, procurando sempre afastar-se da arrebentação.

Estava escuro, a água era gelada, mas Edmond respirava em grandes sorvos o ar da liberdade recém-conquistada.

"Vou nadar sempre no sentido contrário ao da ilha", pensou. "Não sei aonde chegarei, mas tenho certeza de que logo estarei longe desse inferno."

Por mais duas horas, nadou metodicamente. Era um ótimo nadador e ainda conservava o vigor da juventude. Entretanto, o mar bravio, o frio e o cansaço começaram a entorpecer-lhe os músculos.

Edmond sentiu que seria inútil continuar. Morreria ali mesmo, mas em liberdade. A imagem do abade surgiu então em sua memória, como se ordenasse que continuasse lutando pela vida.

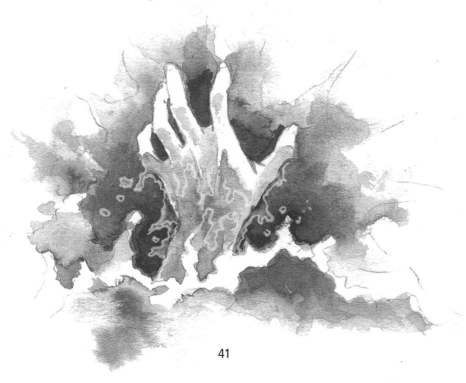

Depois de mais uma hora, já sem forças, boiando para descansar por alguns minutos, vislumbrou no meio da neblina uma massa que se erguia quase diante de seus olhos. Com mais algumas braçadas, chegou até a areia e arrastou-se para um lugar seguro entre as rochas. Ali cochilou por alguns momentos. Depois caminhou um pouco e reconheceu o lugar onde estava: era a ilha de Tiboulen, não muito distante da ilha-prisão.

Edmond agradeceu aos céus pela boa sorte e, diante de uma tempestade que se avizinhava, procurou um lugar onde pudesse se abrigar. Por uma reentrância do terreno pôde ver, ao longe, um navio com as velas rasgadas e o mastro principal caído, lutando desesperadamente contra a fúria do mar.

O náufrago resgatado

Edmond acompanhou toda a luta do veleiro pela sobrevivência. O navio, de pequeno porte, balançava sobre as ondas sem qualquer comando. Já não se podia controlar o leme, e os marinheiros que porventura ainda estivessem a bordo certamente iriam com o barco para o fundo do mar.

Desgostoso por não poder prestar qualquer auxílio aos pobres tripulantes, Edmond rezava para que sobrevivessem ao naufrágio iminente.

As primeiras luzes do amanhecer começavam a brilhar no horizonte quando o barco afundou, num último movimento de agonia. Os marinheiros ainda tentaram nadar até a praia, mas a força das ondas jogou seus corpos contra os arrecifes, impedindo que alguém se salvasse.

Dois corpos vieram dar na praia, não muito distante de onde ele estava. Edmond correu até lá e constatou que ambos estavam mortos. Livrou-se de suas roupas de prisioneiro, escolheu as melhores roupas de cada um e vestiu-as, tentando ficar parecido com um homem do mar.

Caminhou pela praia durante algum tempo, buscando um meio de sair daquela ilha antes que os guardas do Castelo de If descobrissem que haviam sido enganados.

Por mais que andasse de um lado para o outro, não encontrou nenhum meio de sair dali, até avistar um navio não muito longe da ilha. O navio passaria ao largo, mas a distância poderia ser vencida por um bom nadador.

Edmond não hesitou. Se não alcançasse aquele navio, estaria destinado a voltar ao castelo e morrer lá.

Nadou desesperadamente na direção do navio, sempre atento a suas manobras e pronto para gritar por socorro assim que sua voz pudesse ser ouvida. Finalmente alcançou a embarcação e logo seus gritos foram ouvidos. Um barco manejado por quatro marinheiros resgatou-o em pouco tempo. Assim que o deitaram sobre o tombadilho, Edmond não resistiu e desmaiou. Ultrapassara os limites do cansaço, do frio, do medo de ser recapturado, além da incrível felicidade de estar, outra vez, dentro de um barco.

Uma dose de um forte rum e uns tapas no rosto fizeram-no recuperar os sentidos.

– E então, marinheiro? – perguntou o imediato. – Por pouco você não virou banquete para os tubarões, hein?

– É verdade, senhor – Edmond falou com o máximo de respeito, como um marinheiro deve tratar o seu superior. – Não fosse a sua rápida intervenção, agora eu seria alimento para os peixes. Já estava quase sem forças...

– Quando foi trazido a bordo, quase o devolvemos ao mar. Com esse cabelo e essa barba tão longos, mais parece um pirata ou um fugitivo.

Edmond ficou assustado ao ouvir isso, pois sentiu que ainda corria perigo.

– Fiz uma promessa de não cortar a barba nem o cabelo por dez anos, depois de ter me salvado de um naufrágio na costa africana. Isso deve ter servido para alguma coisa, pois fui salvo outra vez.

O imediato ficou por um longo tempo olhando para o náufrago. Por fim, disse:

– Bem, precisamos sempre de bons braços num navio. Você é marinheiro?

– Sou, sim senhor. Do mar conheço tudo! – exclamou Edmond, agora com esperança de ser admitido na equipagem.

– Vamos ver. Você terá de provar isso se quiser pertencer ao *Jovem Amélia*.

Ao longe, um tiro de canhão ribombou pelo céu, vindo do Castelo de If.

– Parece que alguém conseguiu fugir do inferno – comentou um marinheiro.

– Que consiga também chegar ao paraíso – comentou Edmond, indisfarçavelmente feliz.

Mais uma vez, o imediato fitou com curiosidade aquele estranho marinheiro.

Os contrabandistas

Logo nos primeiros dias, Edmond se deu conta de que estava a bordo de um navio de contrabandistas. Eles traziam do continente as mercadorias "isentas de impostos ou taxas burocráticas", como dizia seu capitão, que eram vendidas na Sicília ou na Córsega. Com isso ganhavam muito dinheiro, que quase sempre era desperdiçado nas tabernas ou nos prostíbulos dos portos por onde passavam.

Edmond ficava sempre a bordo, pois temia ser reconhecido por alguém, e assim economizava tudo o que ganhava. Apesar de gostar daquela vida, pois sentia-se seguro longe dos braços da lei, não havia esquecido o mapa deixado pelo abade Faria nem diminuíra o seu desejo de visitar a ilha de Monte Cristo.

Depois de mais de dois meses a bordo, Edmond estava completamente integrado ao resto da tripulação, demonstrando muita habilidade nos trabalhos do mar. Tinha conquistado a confiança dos companheiros e até mesmo o comandante, que nutria algumas dúvidas sobre seu passado, começou a gostar do modo eficiente com que desempenhava suas tarefas.

Certa ocasião, no porto de Livorno, o comandante fez questão de que Edmond os acompanhasse até uma taberna, onde haveria uma reunião de vários contrabandistas para a realização de grandes negócios.

– Se você tem alguma pendência com a justiça, não se preocupe, pois iremos para um lugar que o braço da lei não alcança – disse-lhe.

Edmond sorriu despreocupado.

– Nada devo ou temo, senhor. Posso acompanhá-lo.

– Então, vamos lá! – E assim se dissiparam quaisquer suspeitas que o comandante ainda pudesse ter.

Na taberna, os contrabandistas, reunidos em torno de uma grande mesa, comiam e bebiam, enquanto iam discutindo seus negócios. Um deles falou:

– Tenho uma grande partida de tapetes turcos para receber, mas só poderei fazer o negócio se conseguir um lugar seguro para deixá-los. Meus porões estão ocupados com meia carga de tabaco da Virgínia e me falta espaço.

Todos falaram ao mesmo tempo, dando sugestões de lugares que eram descartadas imediatamente, ora por não serem seguros, ora por estarem muito distantes ou pelo perigo de serem descobertos pela polícia. Finalmente, Edmond pediu a palavra e sugeriu:

– Que tal a ilha de Monte Cristo? É uma ilha pequena e desabitada, onde ninguém aporta nunca, por não ter nada a oferecer. Eu a conheço bem.

A sugestão foi aceita imediatamente. Dali em diante, todos continuaram discutindo seus planos, enquanto Edmond, extremamente feliz, mal podia esperar a hora de pôr os pés naquela misteriosa ilha.

A ilha de Monte Cristo

Sob um céu iluminado pelas estrelas, Edmond Dantés conduziu o *Jovem Amélia* em direção à ilha de Monte Cristo. Em sua mente passavam, como um pesadelo, os quatorze anos encerrados na prisão, onde a única esperança de liberdade era a morte. Relembrou a paciência do velho abade ao lhe transmitir seus conhecimentos, como se pressentisse que jamais sairia vivo do Castelo de If.

Agora, próximo da misteriosa ilha, uma forte angústia oprimia seu peito. E se tudo o que o abade Faria lhe dissera fosse somente fruto da imaginação de um homem à beira da loucura? E se o mapa que trazia costurado no forro de sua jaqueta não passasse de um papel sem qualquer valor?

Quando estavam próximos da ilha, ainda ao largo, porque a profundidade não permitia aportar, Dantés pegou uma espingarda e pediu permissão ao comandante para tentar abater alguma caça. No alto do monte mais próximo, podiam-se avistar cabritos monteses pastando.

O comandante deu a permissão e Edmond remou até a ilha, acompanhado por um marinheiro amigo chamado Jacob. Enquanto isso, o navio era descarregado e os tapetes turcos transportados para as areias da praia, numa operação que levou quase toda a noite.

Logo que os dois alcançaram o alto do morro, Dantés avistou um cabrito bem próximo e abateu-o com um tiro. Depois de preparar a carne, convenceu o amigo a descer até a praia e assar um bom pedaço para toda a marujada, enquanto ele procuraria por mais caça.

Quando se viu só, ficou feliz pela liberdade de correr para qualquer lado que lhe aprouvesse e começou a procurar pelas tais grutas onde poderia estar escondido o tesouro dos Spada. Não encontrou nem sequer vestígios de alguma cava que tivesse sido aterrada pelo tempo ou por mãos humanas.

Chegou a hora de partir. Dantés abateu mais um cabrito para não levantar suspeitas. Precisava encontrar um pretexto para permanecer na ilha. Já estava bastante decepcionado por não ter visto nenhum sinal das grutas mencionadas pelo abade Faria.

Depois de pensar um pouco, um plano surgiu em seu cérebro. Correu pelo alto das rochas, bem à vista dos marinheiros que se moviam pela praia, gritando e acenando para eles, que responderam ao seu chamado.

De súbito, fingiu desequilibrar-se e rolou pela encosta. Um grito de surpresa e susto irrompeu de todos os lados. Era o que ele queria.

Vários companheiros correram até onde ele estava. Queriam carregá-lo até o navio, mas ele recusou.

– Deixem-me aqui. Não quero ser um peso inútil no navio. Podem partir e me pegar na volta, daqui a alguns dias.

– Você deve estar maluco! – gritou Jacob, seu melhor amigo entre os tripulantes do *Jovem Amélia*. – Não pode ficar aqui ferido e só. Ficarei em sua companhia.

O imediato interferiu:

– Nada disso. Vamos todos para o navio. Levaremos Edmond para bordo e partiremos todos juntos.

– Senhor, não estou tão ferido assim e gostaria de ficar alguns dias por aqui. O ar da montanha e uma boa alimentação me farão muito bem. Basta que me deixem um rifle com munição e uma provisão de alimentos que ficarei muito bem.

O imediato deu de ombros. Não era homem de ficar discutindo coisas sem importância.

– Se você acha melhor assim, tudo bem. Estaremos de volta dentro de alguns dias, mas Jacob irá conosco. Não podemos dispensar mais ninguém.

E assim, apesar dos protestos de Jacob, que era de fato um bom amigo de Edmond, ele ficou só e livre para explorar a ilha pedra por pedra.

Com algumas ferramentas deixadas pelos companheiros, levantou um pequeno abrigo num lugar oculto, de onde poderia avistar qualquer embarcação que passasse.

O tesouro dos Spada

Passou o primeiro dia andando pela ilha, examinando cada local onde pudesse existir algum vestígio de caverna ou entrada de gruta. Não viu nada que lhe chamasse a atenção. Apesar de ir aos poucos perdendo as esperanças, não esmoreceu em sua busca. Afinal, tinha muito tempo livre e um mapa que mencionava a existência de um tesouro.

No segundo dia, já quase no fim da tarde, Edmond entrou por uma fenda da encosta que dava para o nascente, no lado oposto ao que haviam desembarcado. De início não notou nada de especial. Era uma rocha vertical cheia de vegetação rasteira e musgo aparentemente intocados por séculos. Com o cabo do sabre, foi batendo na rocha e abrindo caminho entre os arbustos. Uma batida mais forte provocou um eco, como se fosse dada numa parede. Edmond prosseguiu batendo e raspando a rocha, até encontrar uma espécie de reboco, evidentemente feito por mãos humanas.

Edmond gritou de euforia. Havia alguma coisa diferente ali. Com o máximo de esforço, foi rompendo aquela cobertura, até encontrar algumas rochas sobrepostas e ligadas pelo mesmo reboco. Aquilo era obra de alguém, não tinha mais dúvidas. Já estava escuro quando, finalmente, conseguiu abrir um vão suficientemente grande para lhe dar passagem. Resolveu deixar o resto da exploração para o dia seguinte.

Naquela noite, mal conseguiu dormir, pois estava muito excitado. A possibilidade de encontrar o duvidoso tesouro provocava-lhe sonoras gargalhadas.

Mal clareou o dia e Edmond já estava na estreita passagem que imaginava conduzir para o interior do monte. Depois de afastar algumas pedras e limpar bem o buraco, descobriu que havia uma ampla galeria, formada por uma gruta natural, com vestígios de transformações feitas pelo homem em tempos remotos.

Edmond correu de volta ao acampamento para pegar uma lanterna de sinalização e iluminar o interior daquela caverna. Logo descobriu uma escadaria cavada na rocha, que levava para o fundo, onde havia um amplo salão. No fundo dele, uma porta mal disfarçada dava acesso, possivelmente, a outro aposento.

Edmond demorou algum tempo para conseguir abrir a sólida porta e precisou quebrar um dos gonzos de ferro. Esgueirou-se pela estreita passagem que conseguiu abrir e iluminou o interior da peça. No fundo, sobre uma espécie de altar de pedra, havia um grande cofre de madeira com cantoneiras de ferro.

– Ninguém teria todo esse trabalho só para enterrar um livro de poemas – riu Edmond consigo mesmo. – Se esse cofre contiver o que estou pensando, o meu caro abade Faria pode ser considerado um santo, e não um louco, como era conhecido na prisão.

Usando o rifle como alavanca, aplicou vários golpes no grande cadeado que fechava o cofre. Depois de algum tempo e muitos esforços, a fechadura se rompeu e o marinheiro Edmond Dantés levantou a pesada tampa.

Uma estranha calma tomou conta do seu espírito. O que viu era de enlouquecer qualquer mente mais frágil ou ambiciosa: milhares de joias, pedras preciosas, pingentes, colares, coroas e broches, um manto de safiras, diamantes, pérolas e rubis cobrindo as joias, além de um lastro de lingotes de ouro que poderiam resgatar um rei. O valor de um tesouro como aquele escapava aos cálculos da mente mais imaginosa.

Edmond nem sequer tocou naquele incomensurável tesouro. Ajoelhou-se e, contrito, rezou uma prece agradecendo a Deus pela Sua infinita misericórdia e pedindo pela alma do abade Faria, seu caridoso amigo. Depois, levantou-se e voltou para o acampamento, onde fez uma rápida refeição e deitou-se para dormir com a alma em paz.

O capitão Jacob

Na manhã seguinte, Edmond foi até a gruta e encheu os bolsos com alguns diamantes, rubis, pérolas e esmeraldas. Depois disso, fechou o cofre, cavou um buraco profundo quase ao lado de onde ele se encontrava e enterrou-o, apagando em seguida todos os vestígios que pudessem denunciar a existência daquela fortuna. Saiu da sala e fechou bem a porta. Finalmente, do lado de fora da caverna, recolocou as pedras que havia afastado para entrar e distribuiu os musgos e outros arbustos com tanto cuidado em seus lugares de origem que até mesmo ele teria dificuldade para encontrar novamente a entrada.

Quando o *Jovem Amélia* retornou, ele estava deitado sob o rústico abrigo. Demonstrando ter melhorado da queda, andou até a praia, onde esperou o bote chegar.

Recebeu seus companheiros alegremente e, depois de ajudar a embarcar a partida de tapetes, subiu a bordo.

Dias depois, chegaram a Livorno. Jacob entregou ao amigo Edmond o salário que havia guardado zelosamente.

– Veja só, meu caro, agora você tem uma fortuna! – disse Jacob, orgulhoso por ter sido o fiel depositário do dinheiro do amigo.

– Realmente, uma fortuna! – Edmond soltou uma alegre gargalhada, pois somente um dos anéis que havia tirado do cofre valia dez vezes mais do que aquele dinheiro.

No dia seguinte, todos desembarcaram e se dispersaram no cais, alguns em busca de aventuras, outros, de coisas para comprar no comércio local.

Edmond foi até uma ourivesaria para vender quatro dos menores diamantes que tinha. O ourives tentou saber onde havia obtido aquelas pedras, pois achava pouco provável que um simples marinheiro possuísse tal fortuna. Edmond disse apenas que venderia as pedras pela metade de seu valor real. Esse era o preço do segredo.

De volta ao navio, surpreendeu a todos com os finos trajes que envergava. Contou então que pertencia a uma rica família, mas que seu pai, extremamente severo, não lhe dava nem sequer uma moeda depois que perdera uma boa soma no jogo. Por isso havia se engajado na marinha. Agora seus pais estavam mortos e ele era o único herdeiro. Dali para frente, iria desfrutar de sua grande fortuna.

Depois pediu a Jacob que o acompanhasse. Na outra ponta do cais, apontou para um belo e moderno veleiro.

– Que tal, meu amigo, gosta daquele navio?

Jacob olhou o barco cheio de admiração.

– Muito lindo e, me parece, de ótima construção – avaliou o marinheiro.

– Quer ser seu comandante?

– Como assim? De quem é esse barco?

– É meu e ofereço-lhe o seu comando. – Edmond falava sério e o outro tremeu de emoção. – Se aceitar, suba a bordo e comece a contratar marinheiros. Mas que sejam homens de absoluta confiança. Daqui a três meses, faremos uma longa viagem. Nosso próximo encontro será na ilha de Monte Cristo.

E assim, num passe de mágica, o pobre marinheiro Jacob foi promovido a capitão de um belo navio.

Um desconhecido em Marselha

No dia primeiro de junho de 1829, os habitantes de Meilhans, um lugar pobre nas proximidades de Marselha, viram chegar um homem ricamente vestido, acompanhado de dois pajens. Ele se dirigiu resolutamente para uma casa humilde, situada no fim da rua. Quem o viu ficou pensando o que um senhor tão fino fazia ali.

Diante de um casal de jovens que o recebeu, perguntou educadamente:

– Faz muito tempo que moram aqui?

– Não, senhor – respondeu o jovem. – Desde que nos casamos, há três meses.

– Sabem quem ocupava esta casa antes?

– Não sabemos, senhor. Talvez alguém do bairro, um morador mais antigo, possa informar.

Uma velha senhora, que vivia na casa ao lado, informou:

– Essa casa ficou desabitada por mais ou menos quinze anos. Antes morava aí um senhor bastante idoso, que morreu.

Lágrimas correram pelas faces do fidalgo ao ver o lugar onde seu velho pai exalara o último suspiro.

Passados alguns momentos embaraçosos, em que tentou disfarçar sua emoção, agradeceu a informação e dirigiu-se à colônia dos catalães, no bairro dos pescadores. Lá ficou sabendo que Mercedes abandonara a vila há mais ou menos treze anos.

No dia seguinte, o jovem casal que morava na antiga casa de Luís Dantés foi comunicado de que, daquele dia em diante, não precisaria mais pagar aluguel, com a única condição de que cuidassem da casa com muito zelo. O quarto onde antes vivia o antigo morador deveria ficar sempre livre. O fidalgo que os havia interrogado no dia anterior havia comprado a casa.

O estranho personagem partiu, deixando todos os moradores do bairro muito curiosos sobre a sua identidade.

Os males de Caderousse

Depois da prisão de Edmond, a vida de Caderousse sofreu uma queda irreversível. Foi obrigado a vender suas propriedades nas proximidades de Marselha e o dinheiro obtido com a venda não durou muito tempo. Para fugir da mais negra miséria, precisou arranjar um casamento com uma velha mulher, proprietária de um hotel decadente em pleno campo, na estrada que liga Marselha a Aix-en-Provence.

Carconte, a velha, estava sempre doente, e o hotel também ia de mal a pior. Era frequentado por ladrões, contrabandistas e assassinos, além, é claro de mulheres de má reputação, gente que se reunia ali para fugir do alcance da lei ou planejar novos crimes.

Numa manhã de domingo, Caderousse tomava sol na porta do hotel quando um cavaleiro montado num magnífico cavalo negro parou à sua frente. Pelos seus trajes, Caderousse supôs que fosse um religioso.

– O senhor é Caderousse? – perguntou o recém-chegado, com um carregado sotaque italiano.

– Sim, meu pai – disse humildemente o malandro. – Sou Gaspard Caderousse, ao seu dispor.

O homem apeou, entrou no hotel e sentou-se na primeira mesa que encontrou.

– Deseja tomar alguma coisa para afugentar o calor? – perguntou Caderousse, pensando já em tomar algum dinheiro do visitante.

– Traga-me seu melhor vinho.

Caderousse obedeceu imediatamente.

– O senhor mora sozinho aqui? – perguntou o religioso, depois de beber alguns goles do vinho.

– Vivo com minha mulher. A pobrezinha está sempre doente – disse, com uma cara penalizada. – Nós dois fazemos tudo aqui, pois não podemos pagar uma criada.

– Então o senhor é casado?

– Sim, casado e pobre. Quando se é honesto, é difícil juntar alguma riqueza.

– Cedo ou tarde, o homem honesto é recompensado, assim como o criminoso deve esperar sua punição. – A voz do religioso era doce e contrita. – Bem, se o senhor é o Caderousse que procuro, deve ter conhecido, por volta de 1814 ou 15, um marinheiro chamado Dantés.

– Claro que o conheci! O bom Edmond. – Fez a cara mais compungida do mundo. – O senhor o conhece?

– Ele está morto. Morreu na prisão – respondeu secamente o visitante.

Caderousse ficou muito pálido. Uma lágrima rolou por sua face.

– Pobre infeliz! – Fez uma pausa. – Mas então o senhor também o conheceu?

– Sou o abade Bussoni. Fui chamado para dar-lhe a extrema-unção quando estava agonizante. Um inglês muito rico, que estava preso com ele, deu-lhe algumas pedras preciosas quando foi transferido para outra prisão. A intenção era possibilitar que o nosso amigo Dantés comprasse sua liberdade. Infelizmente, não houve tempo, pois ele morreu antes que pudesse fazer qualquer coisa. Em seu leito de morte, entregou-me essas joias e pediu-me que as entregasse aos seus amigos, mas somente àqueles que não o tivessem esquecido.

O abade tirou um estojo do bolso e abriu-o, mostrando aos olhos ávidos do hoteleiro um diamante que brilhava intensamente.

– Disse ele: "Entregue esses presentes aos meus três amigos: um deles se chama Caderousse" – prosseguiu. – "Os outros dois se chamam Fernand Mondego e Danglars."

Caderousse estremeceu de pavor. Talvez aquilo fosse alguma armadilha mortal.

– Mas isso não é tudo – continuou o abade, como se não tivesse notado o abalo causado no outro. – Ele me falou da mulher que amava, mas esqueci seu nome.

– Mercedes – murmurou Caderousse, agora terrivel-mente assustado.

– Isso mesmo, Mercedes. – O abade inclinou-se sobre a mesa e começou a fazer cálculos sobre uma folha de papel que retirara do bolso. – Dantés me disse: "Vá a Marselha e venda essa joia; depois, reparta o dinheiro em cinco partes iguais e entregue-o a cada uma das pessoas que eu amo".

– Por que cinco, se somos somente quatro: Mercedes, Fernand, Danglars e eu? – perguntou o hoteleiro, um tanto desconfiado.

– O quinto seria seu pai, mas fui informado de que o pobre homem morreu.

– Pobre senhor Dantés! Eu o conheci muito bem. Morreu de fome, o infeliz. – O malandro não abandonava o ar de amigo piedoso.

– Morreu de fome? – O abade levantou-se da cadeira e socou a mesa. – De fome? É impossível! Nem mesmo um cão morre de fome!

– Estou dizendo a verdade.

– Você age de forma errada – disse uma voz, vinda da escada que dava acesso à sala. – Não se contam essas coisas para um desconhecido.

Era a mulher, Carconte, que entrava. Com passos incertos, andou até o outro lado da mesa, arrastou uma cadeira e sentou-se.

Teimosamente, Caderousse continuou:

– É verdade. O velho morreu de fome. Mercedes, a noiva de Edmond, tentou ajudá-lo, mas ele recusou sua ajuda. Recusou também o auxílio de Morrel, o antigo patrão de seu filho. O velho sempre esperou a volta do filho... Enfim, morreu nos braços de Mercedes e do senhor Morrel.

Um silêncio quebrado apenas pela respiração ruidosa da mulher pairou sobre os três. Finalmente, Caderousse o rompeu:

– O velho senhor Dantés tinha somente três amigos: Mercedes, o senhor Morrel e eu. Fernand e Danglars eram falsos amigos, por isso penso que não merecem participar dessa divisão. Foram eles que traíram Edmond, causando a sua prisão.

– É mesmo? – O abade fez sinal de que estava muito interessado no que o outro dizia.

– Danglars queria o posto de capitão do navio *Faraó*, que era de Edmond, e Fernand queria sua noiva.

"Faria, Faria, você conhecia bem os homens!", pensou o abade, e em seguida perguntou: – Se sabia de tudo isso, por que o senhor não testemunhou em favor de Edmond quando ele foi para a prisão?

– Ora, senhor, ele era acusado de cumplicidade com Napoleão. Se o defendesse, ficaria preso também. Afinal, fui punido por isso. Danglars e Fernand estão ricos e felizes em Paris, enquanto eu estou aqui, vivendo miseravelmente com uma mulher doente.

– Ricos e felizes? Conte-me mais, meu caro Caderousse.

O que aconteceu enquanto Dantés esteve na prisão

O abade, agora muito interessado, acomodou-se na cadeira e bebeu mais uns goles do vinho.

– Conte-me tudo o que sabe, senhor Caderousse. Juro que seu tempo não será perdido.

Depois de servir-se também de um copo de vinho, Caderousse começou seu relato:

– Quando Edmond foi preso, o único a fazer todos os esforços para tirá-lo da prisão foi o senhor Morrel. Napoleão havia saído da ilha de Elba e retomado o poder. O senhor Morrel escreveu cartas e mais cartas, denunciando a injustiça que estavam fazendo com o pobre rapaz. Jamais recebeu qualquer resposta. Afinal, o efêmero governo do imperador terminou e Luís XVIII retomou o poder. Morrel foi apontado como seguidor de Napoleão e, com isso, o novo governo começou uma implacável perseguição contra ele. A cada ano, o senhor Morrel perdia um navio, tomado sob os mais absurdos pretextos: impostos atrasados, denúncias de contrabando, enfim, quando um governo quer desgraçar um infeliz, tem todos os poderes para isso. Atualmente, só lhe resta o velho *Faraó*, com que tenta sobreviver. O senhor Morrel tem uma filha que está prestes a se casar e um filho no exército. Acho que só por eles não deu fim à vida.

O abade escutava tudo o que o outro lhe dizia com muita atenção. Ele continuou:

– Para Danglars, ao contrário, tudo vai bem. O senhor Morrel nunca soube que foi ele quem escreveu a carta denunciando Edmond e, por isso, deu-lhe o comando do *Faraó*. Numa viagem à Espanha, que levava uma valiosa carga, conheceu a bordo o filho de um banqueiro amigo de Morrel. Quando as tropas francesas colocaram o rei Fernando VII no trono da Espanha, Danglars, associado ao banqueiro, de quem ficara amigo, fez fortuna, vendendo a mercadoria que trazia por um preço dez vezes maior do que o real. Com uma fortuna mais ou menos sólida, casou-se com a filha do banqueiro, transformando-se num fidalgo rico e respeitado. Depois que sua mulher morreu, ele voltou para a França e casou-se novamente em Paris, com a filha de um ministro do rei. Agora ele é chamado barão de Danglars, e é um dos banqueiros mais ricos da capital.

– E Fernand Mondego? – perguntou o abade, quase num sussurro.

– Fernand Mondego, o pescador espanhol de Marselha, também encontrou suas oportunidades. Quando teve início o Reinado dos Cem Dias, de Napoleão, ele foi obrigado a entrar para o exército. Um general simpatizou com ele e, durante a batalha de Waterloo, ambos se refugiaram na Inglaterra, abandonando a luta. Com o retorno de Luís XVIII, os dois foram recompensados por terem abandonado seu chefe. Fernand, no posto de tenente, foi para a Espanha e reencontrou Danglars em Madri. Terminada a guerra, foi nomeado, por interferência de Danglars, conselheiro de um príncipe grego que lutava contra os turcos. Tabelin-Pachá, o príncipe, foi assassinado e Fernand voltou muito rico para a França, como general. Agora o pequeno pescador espanhol se chama general Fernand Mondego, conde de Morcerf.

A joia de Caderousse

Caderousse ficou com sede depois de contar toda essa história. Pegou a garrafa que estava à sua frente, encheu o copo e tomou-o de uma só vez.

O religioso estava sério e suava muito, como se tivesse febre. Com voz cansada, perguntou, ao final de alguns minutos de silêncio:

— E Mercedes, a noiva de Dantés, desapareceu?

— Desapareceu? Não, nada disso. Agora é uma grande dama em Paris. No dia em que meu bom amigo Edmond foi preso, ela chorou muito. Depois foi várias vezes ao gabinete do senhor Villefort, em busca de ajuda. Não conseguiu nada. Finalmente, o procurador do rei mudou-se para Paris e Fernand foi para a guerra, embora nunca tenha entrado em combate! Enfim, com a morte do pai de Edmond, ela ficou completamente só. Quando Fernand voltou, já era tenente, e pediu-a em casamento. Ela pediu que esperasse mais seis meses para dar uma resposta.

— Seis meses! Quanta paciência! – exclamou o abade.

— Passado o prazo, eles se casaram. Eu assisti às bodas. Logo depois, partiram de Marselha.

— Depois disso voltou a vê-la?

— Só uma vez, quando Fernand estava na Grécia. Ela vivia só com seu filho.

— Filho?

— Albert, deve estar com dez anos hoje. Enfim, são ricos e felizes. O único miserável sou eu. Pobre e infeliz, e meus antigos amigos nem sequer me recebem.

O abade levantou-se.

– Sua má sorte terminou. Este diamante é seu, já que era o único verdadeiro amigo de Edmond Dantés.

Caderousse pegou o estojo com a pedra e olhou-a intensamente, sem acreditar no que via.

– O senhor é verdadeiramente um homem de Deus! Jamais o esquecerei, nem a sua grande bondade.

"Eu também não vou esquecê-lo, Caderousse. Mas você jamais cruzará outra vez o meu caminho", pensou o abade.

O crime de Caderousse

Depois que o abade partiu, Carconte comentou sarcasticamente com o marido:

– Garanto que essa pedra é falsa.

– Bem, logo vamos tirar a dúvida. Amanhã mesmo vou à cidade para consultar um joalheiro.

Em Marselha, entrou na mais famosa joalheria e falou com o dono:

– Tenho um diamante que vale cinquenta mil francos. Mas está em meu hotel, na estrada de Aix-en-Provence. Se tiver interesse em comprá-lo, poderei mostrá-lo.

– Bem, se desejar vendê-lo, é só trazer a pedra aqui e faremos uma avaliação muito criteriosa – respondeu o joalheiro um pouco desconfiado, mas já acostumado com esse tipo de oferta.

– Nada disso. As estradas estão cheias de assaltantes e não vou correr o risco. Se quiser fazer negócio, tem de ser em minha casa.

Para dissipar qualquer dúvida, Caderousse contou uma história mais ou menos aceitável. Disse que algum tempo atrás havia recebido uma herança, mas que, infelizmente, teria de vender a pedra para cobrir os prejuízos do hotel.

O joalheiro sabia farejar um bom negócio. No dia seguinte, logo depois do almoço, estava no hotel. Sentado na mesma mesa em que estivera o abade, examinou longamente a pedra.

– Posso dar vinte mil francos por ela – disse, embora soubesse que valia bem mais que cinquenta mil.

– Nada disso! São cinquenta mil ou nada – retrucou Caderousse.

– Vinte e cinco mil e nem um tostão a mais – falou rispidamente o joalheiro. – Sei que é uma joia roubada e estou oferecendo mais do que obteria em outro lugar.

– Não é roubada! É fruto de uma herança, e só a venderei por cinquenta mil francos. – Caderousse começou a ficar furioso.

– Então você não levará nada. Vou chamar a polícia e dizer que essa pedra me pertence e que você a roubou.

Caderousse perdeu o controle. De um salto, pegou o joalheiro velhaco pelo pescoço e começou a apertá-lo. O homem, para se defender, puxou da pistola que sempre carregava na cinta e tentou acertar o hoteleiro.

A arma disparou e atingiu o peito da velha Carconte, que entrava naquele momento, atraída pelo tumulto. Ela caiu morta, sem um grito sequer.

Os dois homens continuaram a lutar, até que a pistola disparou outra vez, atingindo mortalmente o joalheiro.

Terrivelmente assustado, Caderousse olhou para os dois cadáveres estendidos na sala do hotel. De imediato, não conseguia pensar no que fazer. Afinal, enfiando o estojo com o diamante no bolso, fugiu dali.

No dia seguinte, em Marselha, resolveu vender o diamante e refugiar-se em Paris, onde certamente nunca seria encontrado.

Procurou outra joalheria, menos vistosa do que a primeira, e ofereceu o diamante. Dois minutos depois, uma pesada mão caía sobre o seu ombro: era um policial.

O banqueiro inglês

O inspetor geral das prisões de Marselha era um homem bastante ambicioso. Para aumentar seu salário como funcionário público, investiu cem mil francos na firma de Morrel e Filhos. Esse dinheiro destinava-se à compra de mercadorias na Índia, que haveriam de proporcionar um lucro duas vezes maior do que o dinheiro investido.

O último navio de Morrel, o *Faraó*, deveria ter chegado com a carga na semana anterior, mas ainda não tinham qualquer notícia dele.

Morrel, extremamente preocupado, tentava acalmar o credor, prometendo o reembolso dos cem mil francos juntamente com o lucro, assim que o navio aportasse.

O homem, porém, estava intransigente. Queria seu dinheiro imediatamente ou recorreria à lei para cobrar o que tinha direito.

Morrel estava entrando em desespero. Não tinha qualquer notícia de seu navio e os prazos iam sendo devorados pelo tempo.

Naquela manhã, o gabinete do inspetor geral recebeu uma estranha visita. O secretário anunciou:

– Lorde Wilmore, do banco Thomson e Associados.

Um senhor com uma bela barba loira, que certamente era inglês, entrou e saudou respeitosamente o inspetor:

– Senhor inspetor, nossa organização tomou conhecimento de que é credor de uma importante quantia da firma Morrel e Filhos e deseja receber esse valor imediatamente.

– É verdade. O senhor Morrel é um dos homens mais honestos que conheci em toda minha vida, mas seus negócios vão muito mal e estou bastante temeroso de perder meu dinheiro. O seu navio *Faraó*, que transporta a carga que poderia salvá-lo, parece estar perdido. Se isso aconteceu de fato, será a sua ruína. Ao senhor Morrel restará apenas a roupa do corpo. Estou procurando salvar minhas economias.

– Bem, nosso banco tem um débito bastante grande com o senhor Morrel. Se o senhor aceitar, poderemos fazer uma composição. Eu lhe pago a dívida de Morrel e depois acerto com ele. Que tal?

– Para mim está ótimo, mas acho que o senhor vai perder esse dinheiro – advertiu o inspetor.

– Meu banco é que arcará com o prejuízo, se houver, mas o senhor Morrel merece consideração.

Feito o pagamento, o inglês ainda permaneceu alguns momentos em silêncio, como se refletisse profundamente. Por fim, indagou do inspetor:

– Tive em Roma um professor, o abade Faria, de nacionalidade italiana ou espanhola, não me lembro bem. Ele foi preso no Castelo de If. O senhor tem alguma notícia dele?

– O abade Faria? O pobre homem morreu na prisão – disse o inspetor. – Estava completamente louco.

– Louco? Que pena, pois era um bom homem.

– Realmente, apesar de ter perdido a razão, era uma pessoa calma e pacífica. Quando ele morreu, aconteceu algo extraordinário. – O inspetor, alegre por ter recebido o dinheiro que já considerava perdido, soltava a língua. – A cela do abade não ficava muito distante da de um perigoso revolucionário chamado Dantés. Pois esse bandido conseguiu fazer um túnel que ligava sua cela à do abade e trocou de lugar com ele no saco que lhe servia de mortalha. O infeliz não sabia que no Castelo de If os cadáveres não são enterrados, mas atirados sobre a muralha para servir de comida aos tubarões. – O inspetor deu uma gargalhada. – Gostaria de ver a cara de Dantés ao cair no mar. Pensou que iria para a liberdade, mas foi para o fundo, com um peso de trinta quilos amarrado nos pés.

– Que estranho destino! – comentou o inglês. – Então morreu afogado? Isso ficou anotado nos registros da prisão?

– É claro! Dantés está morto.

– Que sua alma descanse em paz! – exclamou o inglês, que depois de alguns momentos perguntou: – Poderia examinar os registros do abade Faria?

O inspetor concordou e depositou o livro de registros sobre a mesa. O nobre inglês examinou a parte que se referia ao religioso preso. Encontrou também o registro de Dantés, algumas páginas depois. Entre outras anotações, havia uma carta de Morrel destinada ao imperador Napoleão, citando os inestimáveis serviços prestados por Dantés a ele, quando era prisioneiro da ilha de Elba. Com a subida de Luís XVIII ao poder, esse documento tornou-se uma terrível prova contra Dantés. Logo abaixo, Villefort havia escrito a sentença final contra o pobre marinheiro: "Seguidor de Napoleão. Muito perigoso. Mensageiro de segredos trazidos da ilha de Elba, que se nega a revelar. Esse prisioneiro exige segurança máxima".

A empresa de Morrel e Filhos

A firma de Morrel e Filhos estava deserta. Durante dez anos, fora um lugar agitado pelo trânsito de marinheiros, representantes comerciais, comerciantes de outras cidades e jovens trabalhadores. Agora só restava o velho senhor Morrel, que, debruçado sobre sua mesa de trabalho, fazia e refazia as contas, sem nunca encontrar uma solução para a terrível situação em que se encontrava. A firma estava à beira da falência e parecia não haver nenhuma saída.

Escutou uma batida na porta e em seguida entrou um homem: era o inglês de barba loira e ar afetado.

– Bom dia, senhor – disse o recém-chegado. – Represento o banco Thomson e Associados e venho comunicar-lhe que acabo de resgatar todos os seus débitos na cidade. De hoje em diante, nosso banco é seu único credor.

– Mas por quê? Qual é a intenção de seu banco ao fazer isso? – O senhor Morrel estava surpreso e preocupado.

– Apenas cumpro ordens – respondeu o outro, sem maiores explicações.

Morrel pensou muito. Essa novidade poderia ser sua salvação ou a completa desgraça.

– Bem, senhor, poderei reembolsar esses títulos assim que meu navio, o *Faraó*, chegar. Isso ainda deve levar um mês.

Naquele exato momento, uma jovem entrou na sala espavorida:

– Papai, papai! Uma desgraça, meu pai! Acaba de chegar ao porto um navio trazendo a notícia de que o *Faraó* naufragou.

O velho levantou-se tão pálido que parecia prestes a cair.

– E os marinheiros? O que aconteceu com eles?

– Estão todos salvos. Foram resgatados por um outro navio. Logo estarão aqui.

– Graças a Deus. Pelo menos os infelizes se salvaram. – O bom homem pensou primeiro nos marujos que poderiam ter perdido a vida. Isso não passou despercebido pelo inglês, que à parte assistia ao drama familiar.

A consternação do pobre velho era enorme. Sua última esperança se esfumara com a terrível notícia do naufrágio do navio *Faraó*.

– Como pode ver, senhor – murmurou com um fio de voz –, nada mais me resta a não ser a vergonha de não poder honrar meu nome. Durante vinte anos, jamais atrasei um compromisso sequer, e agora vejo-me diante da total derrocada.

– Bem, consigo entender que sua situação agora ficou bastante grave – disse o inglês. – De qualquer forma, o banco Thomson e Associados lhe concede três meses, a partir de hoje, para a quitação de sua dívida.

– Obrigado, senhor. Esteja certo de que farei tudo para honrar meu compromisso! – exclamou Morrel, mais esperançoso com o novo prazo.

Nos dias seguintes, Morrel bateu em todas as portas. Ninguém quis sequer ouvir seus problemas. Os amigos mais chegados e antigos sumiram, e até mesmo Danglars, em Paris, considerado o mais rico de todos os banqueiros, recusou-se a financiar um novo navio para o infeliz.

De volta ao escritório da empresa, completamente arrasado, Morrel concluiu que só poderia fugir da terrível situação em que se encontrava tirando a própria vida. Pegou uma pistola na gaveta e colocou-a sobre a mesa. Pretendia escrever uma carta para seus filhos, explicando-lhes o gesto extremo. Subitamente, a porta se abriu e sua filha Julie entrou, gritando alegremente:

– Meu pai, estamos salvos! Veja o que chegou agora mesmo às minhas mãos.

Era uma carta do banco Thomson e Associados, dizendo que a dívida tinha sido resgatada. Não dizia por quem nem por quê. No envelope, além da carta, estavam os títulos pagos e uma joia com a seguinte anotação ao lado: "Para o casamento de Julie".

– Como essa carta chegou até aqui? – perguntou o velho, ainda incrédulo.

– Um desconhecido entregou-me agora mesmo. Ele disse que era da parte de Simbá, o Marujo.

As surpresas de Morrel não pararam aí. Logo ouviram alguns gritos vindos de fora e Maximilian, seu filho mais velho, entrou como um furacão. Envergava seu vistoso uniforme de tenente do exército.

– Pai! Olhe pela janela! Veja o que está chegando ao porto! – gritou, como se estivesse dando ordens aos recrutas.

Garbosamente, deslizando como um grande cisne branco, o navio *Faraó* entrou no porto com suas bandeiras agitando-se ao vento.

Todos correram para o cais, onde uma multidão acenava lenços de boas-vindas ao navio que fora considerado perdido.

Numa rica carruagem, com as cortinas cerradas quase completamente, um homem assistia a tudo. Seus lábios se abriram num sorriso feliz ao ver a alegria com que a família Morrel recebia seu único tesouro. Depois, virando-se para o homem ao seu lado disse:

– Jacob, vamos para o nosso navio. A primeira parte está cumprida. Agora, como um deus vingador, meu pesado braço justiceiro cairá sobre as cabeças dos culpados.

Os "leões" de Paris

No dia 21 de maio de 1838, depois de uma viagem de férias pela Itália, o jovem visconde Albert de Morcerf, filho de Fernand Mondego, um dos traidores de Edmond Dantés e agora rico general, convidou seus amigos mais chegados para um jantar. Para isso, utilizou um pavilhão existente no fundo do palácio paterno, onde pretendia reunir os jovens "leões" de Paris, como eram chamados os rapazes nobres, ricos e de boas famílias. Entre os convidados estavam Lucien Debray, secretário do Ministro da Justiça, que diziam ser amante da mulher do banqueiro Danglars; Beauchamp, um jornalista temido em Paris, cuja pena podia ser a desgraça de qualquer um; e o duque

Château-Renaud, que pertencia a uma velha estirpe de nobres franceses. Ele havia participado da guerra na Argélia e levou consigo um amigo, que apresentou como Maximilian Morrel.

– O tenente Morrel é mais que um amigo, é como um irmão – disse com ênfase Château-Renaud. – Não fosse ele e sua grande coragem, eu não estaria aqui. No Saara, ele salvou minha vida, arriscando a sua.

– Teremos prazer em escutar suas aventuras mais tarde – disse Albert. – Agora tratemos de beber alguma coisa.

– Então, meu caro Albert, é verdade que vai se casar?

– Sim, é verdade. A boa vida está se acabando. Meu pai deseja que eu me case com Eugenie Danglars.

– A filha do banqueiro? Então, certamente receberá um dote fabuloso – brincou Debray. – No mínimo um milhão de francos.

– Não brinquem com esse assunto. – Albert ficou sério. – Assim que chegar o último convidado, vamos passar para a mesa. O conde de Monte Cristo virá jantar em nossa companhia.

– Ninguém ainda ouviu falar nesse conde – disse Beauchamp, sarcasticamente. – Deve ter comprado o título, como fazem hoje todos os que desejam tornar-se nobres.

Por fim, o criado fez soar uma sineta e anunciou:

– O conde de Monte Cristo.

Na porta surgiu a estranha figura do homem que vinha causando espanto em toda a cidade de Paris.

– Senhores, perdão pelo pequeno atraso, mas acabo de chegar de uma viagem de mais de dois mil quilômetros.

Albert adiantou-se e apertou a mão do recém-chegado. Em seguida, apresentou-o a todos os presentes, citando o nome de cada um. Finalmente, acomodaram-se na vasta mesa e esperaram que o jantar fosse servido.

O jantar

Assim que todos estavam reunidos em torno da mesa, Albert levantou o braço e pediu silêncio.

– Sabiam, meus caros amigos, que o conde de Monte Cristo salvou minha vida em Roma?

– Como foi isso? – perguntou Beauchamp.

– Cheguei em Roma com um amigo para participar das festas carnavalescas. Reviramos a cidade, mas não encontramos nenhum lugar onde pudéssemos ficar, nem mesmo na mais humilde estalagem. Foi então que, no saguão do Hotel Londres, quando ainda implorávamos por um quarto, um senhor de muito boa aparência percebeu nossa aflição, aproximou-se e disse: "Estou de posse de duas grandes suítes aqui. Como somos apenas um casal, além de um criado, posso oferecer-lhes uma delas". Era o conde de Monte Cristo, que ficamos conhecendo naquele momento. Aceitamos sua oferta e lhe ficamos muito gratos. Logo em seguida, fomos convidados para jantar. Ele estava acompanhado de uma princesa grega, bela como uma deusa. Mas isso não foi tudo. Escutem só nossa aventura para ter uma ideia de quem é este nobre senhor.

– Conte logo, mas, por favor, não invente uma história muito fantasiosa – debochou o jornalista, que parecia incomodado com as atenções que o estranho recebia.

– Prometo que serei breve. Bem, depois do jantar, saímos para as ruas, onde multidões dançavam e cantavam, correndo de um lado para o outro. Comecei a dançar com uma mulher elegante, que usava roupas da nobreza italiana e uma máscara que não permitia ver direito o seu rosto. Logo que chegamos a uma esquina, dois homens fortes e decididos me agarraram e jogaram dentro de uma carruagem. De olhos vendados, rodamos por um longo tempo, até que fui jogado num lugar frio e úmido. Eu estava muito assustado, pois não sabia o que pretendiam fazer comigo. Logo fiquei sabendo que havia sido sequestrado por bandidos italianos, chefiados por um tal de Vampa. Esse Vampa era o maior bandido de Roma, e todos tremiam ao ouvir seu nome. Ele me disse: "Olhe, meu fidalgo, nosso negócio é cobrar pela vida de quem aprisionamos. Você tem até amanhã de manhã para nos entregar vinte mil francos ou o equivalente em moeda italiana. Caso contrário, morrerá ao meio-dia".

– Está mentindo, meu caro – disse-lhe Château-Renaud. – Não existem mais bandidos em Roma.

– Ele fala a verdade – disse o conde, que até então se mantivera calado.

– Bem, se tivesse tempo para falar com meu pai, certamente conseguiria o dinheiro exigido por ele, mas naquelas circunstâncias me senti morto. Às seis horas da manhã, Vampa entrou na caverna onde estava preso e ordenou aos seus homens que me levassem para fora. Se o dinheiro não aparecesse até o horário determinado, eles me matariam. Não houve argumento que demovesse o bandido de seu propósito. Então apareceu o conde de Monte Cristo e ordenou que me libertassem.

– Sendo assim, devo entender que o verdadeiro rei dos bandidos é o conde? – riu-se Beauchamp.

– O que os senhores não sabem é que certa vez salvei a vida de Vampa. Em troca, ele me prometeu que jamais atacaria qualquer amigo ou protegido meu. Por isso, nosso jovem Albert foi solto.

– E pode nos contar como salvou a vida de um bandido, senhor conde? – O jornalista parecia querer desacreditar toda a história.

– Fiz uma petição ao papa.

– Ao papa? E foi atendido?

– É claro! De outro modo, Vampa teria sido executado.

– Bem, é uma história muito fantasiosa, mesmo para um jornalista – disse Beauchamp, dando pouca importância ao que ouvira.

– As melhores histórias são as mais fantásticas – respondeu o conde, com o rosto imperturbável, enquanto bebia um gole de vinho.

Terminado o jantar, as conversas prosseguiram mais descontraídas, um pouco por efeito do bom vinho ingerido e acima de tudo porque o conde tinha uma grande habilidade em deixar todos à vontade.

Na hora de retirar-se, Albert ofereceu lugar em sua carruagem para levar o conde até o seu destino. Ele agradeceu gentilmente e disse:

– Minha carruagem já está à minha espera na porta. – Andou até a janela e levantou a cortina. Efetivamente, na rua logo abaixo estava estacionada uma luxuosa carruagem, composta por dois magníficos cavalos.

– Conheço esses cavalos! – exclamou Debray. – Pertencem à senhora Danglars! Faz poucos dias que ela os comprou, por dezesseis mil francos cada um.

– Nada sei disso – respondeu o conde. – Recomendei ao senhor Bertuccio, meu secretário, que comprasse a melhor carruagem de Paris, com a melhor parelha de animais. Ele conhece bem o seu ofício e estou certo de que cumpriu minha recomendação.

Antes de se despedir, Albert fez o conde prometer que visitaria sua casa, para ser apresentado aos seus pais, o conde e a condessa de Morcerf.

O conde e a condessa de Morcerf

O general Fernand Mondego, conde de Morcerf, um homem aparentando quarenta e poucos anos, recebeu o visitante no grande salão do palácio. Ao seu lado, Albert sorria alegremente.

– Tenho grande prazer em conhecer o salvador de meu filho – disse, enquanto se aproximava e apertava calorosamente a mão do conde de Monte Cristo. – Sem a sua oportuna intervenção, seria o fim da linhagem dos Morcerf.

– Seria muito triste que um nome como o de Morcerf, tão antigo quanto a França, desaparecesse. Um nome que o senhor soube defender em todas as guerras, nobre general.

Monte Cristo pronunciou essas palavras gravemente, encarando seu interlocutor. Morcerf corou levemente.

– Mas, pelo seu nome, o senhor também deve pertencer a uma antiga família – afirmou.

– Não, Monte Cristo é uma pequena ilha que comprei na costa mediterrânea. Sou conde quase por acaso.

Albert, que a tudo ouvia encantado, virou-se, olhou para a porta da sala e anunciou:

– Ah! Minha mãe está chegando.

A condessa andou com leveza em direção ao conde e estendeu-lhe a mão. Diante do visitante, levantou os olhos e estremeceu, oscilando como se fosse cair.

– Mãe, o que a senhora tem? – Albert amparou a mãe, conduziu-a até uma poltrona e ajudou-a a sentar-se.

– Nada, meu filho. Só estou muito feliz por conhecer o homem que salvou sua vida. Traga-me um copo com água e logo estarei bem.

Enquanto o filho corria para atender ao pedido da mãe, um silêncio um tanto incômodo pairou na sala. Logo o general, recuperando-se, disse:

– Preciso ir até a assembleia. O senhor conde não quer acompanhar-me? É interessante para um estrangeiro saber como funcionam as leis na França.

– Em outra ocasião, meu general. Devo partir imediatamente. Quando alguém chega de viagem, sempre tem milhares de coisas para arrumar. – E, virando-se para a condessa, falou com voz branda: – Meus respeitos, senhora. Permita-me desejar-lhe um pronto restabelecimento de seu mal-estar.

Quando o visitante se foi, a condessa deixou-se cair sobre uma almofada e disse ao filho, à meia-voz:

– Esse homem me assusta.

– É o homem mais gentil do mundo, mamãe – respondeu Albert, rindo. – Na primeira vez que o vi, no entanto, tive a sensação de que vinha do mundo dos mortos.

– Isso mesmo, meu filho. Ele parece ter vindo do mundo dos mortos.

O senhor Bertuccio

Ao chegar à sua mansão recém-adquirida em Champs-Elysées, o conde de Monte Cristo foi recebido por seu criado, o senhor Bertuccio.

– O escrivão está à sua espera, Excelência – informou Bertuccio, fazendo uma mesura diante do conde. Em seguida, dirigiram-se para a sala ao lado, um luxuoso escritório, onde o servidor público estava à mesa, examinando alguns papéis.

– Os papéis estão em ordem, Excelência – informou o homem. – É só assinar.

– Perfeito – disse o conde, pegando uma caneta e assinando rapidamente todas as folhas nos lugares indicados. – Muito bem, agora diga-me, onde fica essa casa?

O tabelião espantou-se:

– Como? Vossa Excelência compra uma casa e nem sabe onde fica?

– Cheguei esta manhã e não tive tempo de ir até lá. Comprei-a por um anúncio no jornal.

O homem meneou a cabeça, admirado.

– Fica a dez minutos daqui, no campo. É a antiga Vila de Auteuil.

– Auteuil! – exclamou Bertuccio, quase num grito. – Auteuil? – repetiu, com uma angustiada indagação.

– O que há de tão surpreendente nisso? – A voz do conde era ríspida. – Pague ao senhor escrivão o preço combinado e depois iremos até lá para conhecer a casa.

Bertuccio tremia enquanto contava o dinheiro, que o escrivão ia guardando em sua grande bolsa.

Logo depois, apesar dos protestos de Bertuccio, que

inventou todos os pretextos possíveis para não ir, ambos dirigiram-se de carruagem para a casa de campo. Durante o trajeto, o conde ficou observando seu novo secretário, que, pálido como um cadáver, tremia e suspirava a todo momento.

Ao chegarem, o conde bateu fortemente na porta, que foi aberta por um velho que tinha uma ferramenta na mão.

– O senhor é o novo proprietário? Fui avisado pelo escrivão de que viriam tomar posse da casa. Entrem, por favor. – Enquanto andavam em direção à sala maior, o homem prosseguiu: – Bem fez o senhor Saint-Méran em vender esta casa, pois estava abandonada há mais de cinco anos.

– Esta casa pertencia a Saint-Méran? O pai da senhora Villefort? – perguntou Monte Cristo.

– Da primeira senhora Villefort. Ela morreu há muito tempo e o senhor Villefort casou-se novamente.

– Bem, obrigado pela informação. Agora peço-lhe que nos deixe a sós, pois queremos examinar toda a propriedade. Acompanhe-me, senhor Bertuccio.

E assim dizendo, empurrou o secretário pelas costas, quase obrigando-o a passar para o cômodo seguinte. Chegaram a um jardim interno completamente abandonado, em cujo centro havia um belo chafariz desativado.

– Excelência, não entre aí. Neste lugar foi praticado um crime – choramingou o pobre homem, incapaz de conter o tremor das pernas.

– O que está dizendo? Ficou louco? Quando o abade Bussoni o recomendou, ele me garantiu que era um homem de bom juízo e muito fiel. Não me parece que seja verdade.

– Não, Excelência, não estou louco. Por favor, escute-me, vou contar tudo o que aconteceu nesta casa maldita.

– Conte-me então, Bertuccio, sou todo ouvidos. – Os lábios do conde esboçaram um sorriso irônico.

A vingança

– No ano de 1815, eu vivia com um irmão mais velho na Córsega. Eu fazia contrabando e meu irmão era soldado das tropas de Napoleão.

– Isso me parece normal para dois corsos – comentou sarcasticamente o conde.

– Por favor, Excelência, tenha paciência comigo.

– Prossiga – ordenou o conde.

– Quando Napoleão saiu da ilha de Elba e marchou sobre Paris, meu irmão o seguiu em suas tropas. Depois da batalha de Waterloo, quando o imperador foi derrotado, meu irmão se refugiou na Córsega e me escreveu dizendo que me encontraria em Marselha. Lá, porém, os seguidores de Napoleão eram caçados como feras e assassinados. Infeliz do soldado que caísse nas mãos das patrulhas reais. Meu irmão foi um deles. Então solicitei ao procurador do rei, senhor Villefort, que punisse os assassinos de meu irmão. Ele disse, simplesmente: "Seu irmão era um criminoso. Todos os seguidores de Napoleão são criminosos e merecem a morte. Fora daqui ou mandarei prendê-lo". Afinal fiquei sabendo que esse homem era um dos mais ferrenhos perseguidores dos adeptos de Napoleão. Então jurei me vingar desse insensível funcionário público, que usava a força da justiça em proveito próprio. Era a *vendetta*, a maneira corsa de cobrar suas dívidas de sangue. Não ficava só entre dois homens, mas também entre famílias, até o extermínio de uma delas. Neste caso, a família Bertuccio contra os Villefort. Quando Villerfort partiu para Paris, segui os seus passos. Então fiquei sabendo que ele vinha sempre para esta casa, onde mantinha encontros com uma mulher.

– Uma mulher? – perguntou Monte Cristo. – E como se chamava?

– Não sei. Havia uma criança com ela.

– Uma criança de Villefort?

– Creio que sim. Ele sempre vinha visitá-la. A senhora Renée de Saint-Méran, sua primeira mulher, ainda vivia.

– Era da família dos mesmos proprietários desta casa?

– Isso mesmo, mas eles nunca vinham aqui. Somente Villefort, para encontrar-se com essa mulher. Um dia resolvi: vou matar esse maldito. Escondi-me neste mesmo jardim e fiquei à espreita. Villefort estava cavando a terra para enterrar alguma coisa. Pensei que fosse um tesouro e esperei até ter uma oportunidade de atacá-lo. Quando ele depositou a caixa no chão, aproximei-me com o punhal firme na mão e disse-lhe: "Villefort, vou matá-lo, por meu irmão". Dei-lhe um golpe no peito e ele caiu, banhado em sangue. Então peguei a caixa onde supunha existir um tesouro e fugi.

– Então, senhor Bertuccio, pode-se dizer que é ladrão e assassino – disse o conde. – O abade Bussoni me enviou um belo secretário!

– Contei apenas uma parte da história para o abade. Agora vou contar-lhe a história toda.

– Continue.

– Quando abri a caixa, levei um enorme susto. Dentro dela não havia um tesouro, mas sim uma criança recém-nascida. Certamente era filho da mulher que estava na casa de Auteuil.

– Portanto, filho de Villefort – sentenciou o conde.

– Isso mesmo. A criança estava viva. Era um menino e eu, sem saber o que fazer, levei-o para a casa da mulher de meu finado irmão. Ela prometeu cuidar dele como se fosse seu próprio filho. Depois disso, voltei para a Córsega e continuei a contrabandear. Minha cunhada criou o menino com todo o carinho, até se tornar um jovem forte e bonito, porém um mau-caráter. Sempre que podia, ele roubava o dinheiro dela. Aos quinze anos, tornou-se violento, exigindo que ela lhe desse tudo o que ganhava. Quando ela morreu, ele vendeu a casa com tudo que havia dentro e desapareceu.

– Nunca mais soube dele?

– Nunca mais. Dei-lhe o nome de Benedetto. Imagino que esteja morto.

– Afinal, em vez de praticar um crime, você acabou evitando um infanticídio, pois Villefort não morreu e seu filho foi salvo. – O conde de Monte Cristo estava profundamente pensativo. – Sua vingança ainda poderá se realizar. Basta que confie em mim e me obedeça sempre.

– Juro que serei seu escravo! – exclamou Bertuccio, que parecia aliviado após a confissão.

"Tenho mais um em minhas mãos. Vamos, portanto, ao terceiro", pensou o conde.

Um banqueiro parisiense

Em 1838, o banco Danglars era uma das instituições mais sólidas e importantes da França. Clientes de todo o mundo faziam negócios com esse banco, que merecia a confiança dos grandes investidores. O banqueiro Danglars era muito conhecido, não somente por sua fortuna, mas também pela avidez com que ganhava dinheiro.

Certa manhã, estava em seu escritório, lendo a correspondência vinda dos lugares mais distantes, quando um secretário anunciou:

– O conde de Monte Cristo.

Assim que entrou, o conde foi cumprimentado calorosamente pelo banqueiro. Este foi direto ao assunto, como era seu hábito:

– Recebi uma carta do banco Thomson e Associados, de Londres, solicitando a abertura de um crédito ilimitado para o senhor em nossa casa. Não entendi bem o que querem dizer com "ilimitado".

– Querem dizer que não tem limites, senhor. Que posso retirar todo dinheiro de que precisar enquanto estiver em Paris.

– Todo dinheiro? Preciso ao menos de uma cifra, como referência.

– Bem, se o senhor confia em Thomson e Associados, quando eles dizem que um crédito é ilimitado, as cifras são dispensáveis, não?

– Certo, certo, mas a solicitação é muito vaga.

– Bem, se o senhor ainda tem alguma dúvida, posso buscar outro banco. Não tenho preferência pelo seu ou por outro qualquer. – O conde de Monte Cristo levantou-se.

– Nada disso. Se o senhor vem recomendado pelo Thomson, certamente faremos negócios. Seria interessante, porém, que mencionasse um valor aproximado, para que possamos estar preparados para servi-lo sem demora, a qualquer momento.

O conde fingiu fazer cálculos mentais.

– Bem, ficarei mais ou menos um ano em Paris... creio que... seis milhões de francos podem ser suficientes.

– Seis milhões! – exclamou o banqueiro. – Quinhentos mil por mês! É uma quantia fabulosa! – Enquanto falava, caminhava nervosamente pela sala. – Enfim, tenho a carta de Thomson e Associados, e isso é mais que suficiente. – Deu mais alguns passos incertos, depois falou, como se tivesse tomado uma decisão naquele exato momento: – Minha mulher certamente gostará de conhecer um homem que gasta meio milhão por mês. – Após dizer isso, tocou uma campainha e um secretário entrou.

– Peça à senhora Danglars que nos receba – ordenou.

Conduziu o conde para outra sala, onde encontraram a senhora Danglars em companhia de um homem, que o conde de Monte Cristo reconheceu: era Lucien Debray, o secretário do Ministro da Justiça.

– Apresento-lhe o conde de Monte Cristo, querida. É um fidalgo que pode gastar quinhentos mil francos por mês. – E apontando para Debray. – E aqui...

– Já tive a honra de conhecer o senhor Debray em casa do jovem Albert de Morcerf.

– Ah! Então conhece Albert? Ele vai casar-se com minha filha. Os Morcerf são de uma nobreza meio postiça, mas que fazer? Hoje em dia, o dinheiro fala mais alto que os títulos – comentou Danglars, alegremente.

O conde de Monte Cristo inclinou-se gravemente diante dos dois, sem dizer uma palavra sequer.

A senhora Danglars fez um gesto de menina mimada.

– Sabe o que meu marido fez, senhor conde? Vendeu minha parelha de cavalos! Eram os animais mais lindos e nobres de Paris!

– Recebi trinta e dois mil francos por cada um! O dobro do valor que paguei por eles! – riu, como se contasse uma piada. – Um banqueiro tem de obter lucro em todos os negócios.

Debray percebeu que o casal iniciava uma disputa a que não lhe interessava assistir e saiu de mansinho.

O conde de Monte Cristo foi até a janela e, abrindo a cortina, mostrou seus cavalos atrelados à carruagem.

– Veja os meus, senhora, creio que são ainda melhores que os seus – disse, como se procurasse desviar o assunto.

A mulher caminhou até a janela com passinhos rápidos e nervosos.

– Mas esses são os meus cavalos! – explodiu a mulher. – Como foram parar em suas mãos?

– Bem, encarreguei meu secretário de comprar os melhores da França. Não imaginava que seriam os seus, senhora – disse o conde, desculpando-se. – Jamais pensei que aborreceria uma das mais belas mulheres de Paris.

No dia seguinte, o conde mandou devolver os cavalos junto com um bilhete de escusas e uma bela joia para compensar o incômodo.

Uma noite na Ópera

Os "leões" de Paris não frequentavam a Ópera apenas para assistir ao espetáculo ou ouvir boa música, mas principalmente para encontrar belas mulheres disponíveis, além de serem vistos e admirados. Foi isso que fizeram os jovens Albert de Morcerf e Château-Renaud certa noite. Rodando de um lado para outro, estavam atentos a tudo, enquanto aproveitavam para se exibir às belas mulheres presentes.

– Meu caro Albert – disse Château-Renaud –, faz uma semana que em Paris só se fala nesse fabuloso conde de Monte Cristo. E não faltam assuntos, pois começou bem sua permanência na cidade. Primeiro abriu um crédito de seis milhões de francos, o que, convenhamos, é uma soma acima de nossas pobres imaginações. Depois devolveu uma parelha de cavalos, que lhe havia custado sessenta e quatro mil francos, para a esposa do banqueiro Danglars, além de um magnífico presente como pedido de desculpas por ter feito a bela senhora passar alguns momentos aflitivos. E, finalmente, frequenta a Ópera como se quisesse exibir sua lindíssima acompanhante grega. É demais, meu caro!

– Ora, as belas mulheres devem ser mostradas aos pobres mortais como nós. Veja, neste momento, o conde de Monte Cristo deixa sua deusa no camarote e encaminha-se para o de Danglars. Aproveitemos a ocasião e vamos saudá-lo.

Os dois andaram até o camarote onde estavam o banqueiro Danglars e sua mulher, a filha Eugenie e o assíduo Debray.

Trocados os cumprimentos, o conde perguntou a Albert por seu pai, o conde de Morcerf.

– Atrasou-se um pouco, mas deve estar chegando. – Mal terminou a frase e seu pai entrou, um tanto atônito.

– Perdoem-me o atraso, mas a vida de militar, ao contrário do que pensam, é muito atribulada, mesmo durante os tempos de paz. – Como um perfeito cavalheiro, cumprimentou os presentes e, em seguida, acomodou-se numa das poltronas vagas.

– Bem, para completar o grupo, só falta a acompanhante do senhor conde, sua bela grega – disse um tanto entusiasmado Château-Renaud.

"Uma grega?", sobressaltou-se Morcerf.

– Minha grega, como diz este jovem, veio para assistir ao espetáculo e ouvir música. Como não é parisiense nem fala o francês, preferiu ficar em seu próprio camarote. – Com um gesto, mostrou a bela mulher, que estava sentada imóvel no camarote em frente.

– Como é bela! – exclamou Eugenie. – E garanto que nosso general nunca viu uma mulher assim tão linda na corte do príncipe Tabelin-Pachá.

O conde de Monte Cristo voltou-se para Morcerf:

– O senhor conheceu o príncipe Tabelin? – perguntou, com fingida surpresa.

– Fui seu conselheiro – respondeu Morcerf, com voz insegura.

– Então veja a minha bela princesa – disse Monte Cristo, pegando o outro pelo braço e puxando-o levemente até um lugar que tivesse um ângulo de visão favorável.

O general viu a mulher e soltou um grito abafado.

Quando o conde voltou para seu camarote, a bela Haydée perguntou-lhe:

– Vi que todos me olhavam. Sobre o que conversavam?

– Sobre seu pai. Aquele era Morcerf, o antigo conselheiro dele.

– Seu nome é Fernand. Foi ele que vendeu meu pai aos turcos! – exclamou a bela grega, em prantos.

Fernand Mondego, o antigo pescador e agora fidalgo conde de Morcerf, havia sido reconhecido por uma de suas inocentes vítimas.

A "linguagem" do senhor Noirtier

Na casa de Villefort, três cômodos eram reservados ao seu pai, o velho Noirtier. Sem qualquer movimento das pernas, dos braços e privado da fala, vivia da cama para uma cadeira de balanço. O velho senhor era o destinatário da carta enviada por Napoleão Bonaparte da ilha de Elba, trazida pelo jovem marinheiro Edmond Dantés no navio *Faraó* e causadora de sua desgraça. Noirtier só conseguia se comunicar movimentando as pálpebras: uma vez para dizer sim; duas vezes para dizer não. Seu criado de quarto, Barois, era o responsável por seu bem-estar, mas a alegria do velho era sua neta Valentine, com quem mantinha uma forte ligação afetiva. Pelo olhar, a neta sabia se o avô estava contente ou contrariado. Quando necessário, pegava o dicionário e ia recitando letra por letra, até conseguir formar palavras e frases, conforme os sinais feitos pelo avô.

Naquela manhã, Valentine entrou na sala e encontrou o velho sentado em sua cadeira, com uma manta cobrindo-lhe as pernas. Ela havia chorado e seus olhos ainda estavam bastante vermelhos.

– Meu avô, papai acaba de me prometer em casamento para Edouard de Château-Renaud. O senhor está de acordo?

O velho bateu as pálpebras por duas vezes e repetiu o gesto, como se quisesse reafirmar sua discordância.

– Papai diz que, além de ser de boa estirpe, ele é muito rico. Mas eu amo outro jovem que, embora não seja rico, é nobre de coração.

Um sinal de interrogação pairou nos olhos expressivos do velho. Parecia querer saber quem era o eleito de sua neta. Ela adivinhou a pergunta.

– Ele se chama Maximilian Morrel e é um jovem oficial. Seu pai é proprietário de um navio mercante e muito conhecido por sua honradez.

Os olhos do velho brilharam intensamente. Fez um sinal na direção da biblioteca e a neta perguntou:

– Quer o dicionário? – Ao seu sinal afirmativo, correu e voltou com o imenso volume.

Foi um trabalho demorado, mas por fim a moça entendeu que o avô queria que chamasse um escrivão para fazer seu testamento.

Villefort entrou na sala e, depois de saber da contrariedade ao casamento arranjado, falou rispidamente com o pai:

– Valentine vai se casar com o duque Château-Renaud, porque essa é a minha vontade. Não me importa que o senhor se oponha. Sei que é inimigo do pai de Edouard, mas isso é coisa do passado, e desejo um bom futuro para minha filha.

O velho continuou com a fisionomia indecifrável, e seu filho, num gesto arrogante, abandonou a sala.

Valentine chorava silenciosamente, ajoelhada aos pés de seu querido e impotente avô. Quando levantou os olhos, viu um brilho quase de júbilo nos olhos do velho. "Tenha confiança em mim, minha criança. Seu velho avô irá salvá-la", dizia o olhar de Noirtier.

Naquela tarde, o velho fez seu testamento. Caso Valentine se casasse com o duque Château-Renaud, sua fortuna seria doada a um hospital. Se ela se casasse com o homem de sua escolha, herdaria todos os seus bens e títulos.

O telégrafo

Certa manhã, o conde de Monte Cristo, montado em um de seus magníficos garanhões, alcançou a primeira estação do telégrafo, distante uns trinta quilômetros de Paris. As transmissões eram feitas de estação para estação, através da repetição dos sinais recebidos do posto anterior para a estação seguinte.

Quando o conde chegou, o encarregado do posto estava ajoelhado sobre um canteiro, cuidando de uma horta em que havia várias espécies de legumes. Em volta da construção havia um jardim muito bonito, com as flores mais exóticas. O capricho do homem no trato da terra era notável.

– Bom dia, meu amigo! – saudou o conde. – O senhor não devia estar cuidando das transmissões do telégrafo?

– Não, senhor inspetor. Somente daqui a uma hora receberei a primeira mensagem.

– Não sou inspetor, mas apenas um estrangeiro curioso em conhecer o funcionamento dessa máquina. – E tirou duzentos francos da bolsa, dando-os para o homem. – Poderia assistir a uma transmissão?

– Não há nada que proíba isso – afirmou o homem, satisfeito com aquele ganho extra. – O senhor só terá de esperar até a hora certa.

– Vejo que o senhor gosta muito de lidar com a terra, e que é muito hábil também.

– É o que gosto de fazer. Um dia ainda juntarei dinheiro suficiente para comprar um pequeno sítio na Bretanha e viver do plantio de flores e legumes!

– Desculpe a curiosidade, mas quanto o senhor ganha para trabalhar no telégrafo?

– Mil francos por ano. Como não pago aluguel e aproveito muito do que planto, estou economizando quase quinhentos francos por ano.

– É pouco! Escute, tenho uma proposta para lhe fazer. Se aceitar, receberá vinte mil francos, o suficiente para comprar seu sítio e ainda sobrar alguma coisa.

Depois de meia hora de negociações, o conde assistiu à transmissão da mensagem que havia dado para o operador e voltou para Paris, sorrindo matreiramente.

Naquela mesma tarde, Debray visitou a senhora Danglars e recomendou:

– Por enquanto ainda é segredo. Venho do Ministério da Justiça e a notícia acaba de chegar pelo telégrafo. Estourou uma revolução na Espanha. Sei que seu marido tem muitos títulos do governo espanhol, que amanhã não valerão nem um níquel sequer.

– Seis milhões de francos! – exclamou a mulher. – Ele tem seis milhões de francos em títulos espanhóis.

– Então avise-o, para que os venda ainda hoje, e não

esqueça os meus vinte por cento, que são de praxe nesse tipo de negociação.

Danglars, ao saber da notícia, apressou-se em vender todos os títulos espanhóis sem obter qualquer lucro. Tinha urgência para não perder tudo.

No dia seguinte, o mesmo telégrafo desmentiu as notícias alarmistas. A situação na Espanha estava calma e o governo continuava honrando seus compromissos financeiros.

Com essa operação, Danglars perdeu mais de um milhão de francos.

Em sua mansão, o conde de Monte Cristo planejava o golpe seguinte.

O príncipe Cavalcanti

Naquela tarde, a antiga mansão de Auteuil estava magnífica. Depois de receber uma reforma completa, transformou-se na nova moradia do conde de Monte Cristo, que estava oferecendo um jantar aos amigos parisienses para inaugurá-la com toda pompa.

No amplo salão já estavam o tenente Maximilian Morrel, Château-Renaud e Debray, além do anfitrião, que recebia os convidados.

– Albert de Morcerf não vem? – perguntou Morrel.

– Não, ele partiu para o campo com sua mãe. Mas Danglars e sua esposa virão, pois acreditam que ajudarei no casamento de Albert com Eugenie.

– Bravo! – bradou Château-Renaud – Parece que o

senhor aprendeu depressa as sutilezas da vida em Paris! Já está até praticando a arte de facilitar casamentos!

Antes que recebesse uma resposta, o porteiro anunciou a chegada do casal Danglars. Ambos chegaram com caras de poucos amigos. Podia-se notar que o clima entre eles estava ruim, embora tentassem dissimular.

– O príncipe Cavalcanti – anunciou o porteiro.

Um jovem bonito, vestido de forma um pouco antiquada, mas, apesar disso, de ótima aparência, adiantou-se e, inclinando-se levemente diante de todos, caminhou até o anfitrião e cumprimentou-o com uma elegante mesura.

– Quem é esse jovem? – perguntou Danglars para Monte Cristo.

– O último varão de uma ilustre família italiana. Ele vem recomendado por dois amigos meus, lorde Wilmore e o abade Bussoni. Não o conhecia pessoalmente, mas, com tão boas recomendações, recebo-o como a um filho.

– Rico? – Os olhos do banqueiro brilharam.

– Muito rico. Diz ele que quer investir algum capital em Paris. Pensa também em casar-se com uma francesa. Quer que o apresente?

– É claro! Para um banqueiro, é sempre útil conhecer gente rica e disposta a investir dinheiro. Ainda mais agora, que acabo de perder mais de um milhão de francos com uma falsa notícia! – Um gesto de raiva contraiu as feições do banqueiro. – E foi minha própria mulher quem me passou a informação.

Em rápidas palavras, contou sobre a falsa revolução espanhola e sua pressa em desfazer-se dos títulos que perderiam o valor.

Monte Cristo escutou-o como se fosse uma novidade e lastimou a perda, consolando-o com votos de futuras boas aplicações.

Bertuccio, que estava encarregado de administrar a recepção, entrou e indagou do patrão para quantas pessoas deveria preparar a mesa.

– Conte você mesmo. Já estão todos aqui – respondeu secamente o conde.

Ao primeiro olhar em volta do salão, Bertuccio soltou uma exclamação de espanto.

– Senhor, é ele! – disse, apontando para o príncipe Cavalcanti.

– Ele quem?

– É Benedetto! Aquele ali é Benedetto, o infeliz que salvei das mãos de Villefort e foi criado por minha cunhada!

– Cale-se! – ordenou o conde. – Seja quem for, não dê qualquer demonstração de conhecê-lo. Agora, prossiga com a contagem.

– Sim, Excelência. Eu obedeço. – Trêmulo, o pobre homem voltou-se para os outros convidados e mais uma vez espantou-se.

– Meu Deus! Ali! – exclamou, apontando para um casal do outro lado do salão.

O conde arrastou-o para o salão ao lado e perguntou:

– Agora diga-me o que viu ou será enviado de volta para o abade Bussoni, com as devidas recomendações para que o interne num hospício.

– Excelência, ali está o mesmo Villefort que apunhalei! Eu o reconheceria até no inferno. Mas isso não é tudo. Meu Deus, acho que estou mesmo louco! – O homem tremia e torcia as mãos desesperadamente.

– Conte logo o que o assusta tanto.

– Lá está também a mulher que se encontrava com Villefort nesta mesma casa! É ela sim! Um pouco mais velha, mas com a mesma beleza de antes.

O conde pegou-o pelo braço e, entreabrindo a porta, ordenou que ele mostrasse a mulher. Bertuccio apontou para a senhora Danglars.

– O que está acontecendo, Excelência? Por que todos os fantasmas do passado estão reunidos aqui? Com que propósito? Qual a razão disso tudo?

– Cale-se e continue a fazer o seu trabalho. Fique surdo e mudo. Prepare o banquete e trate de servir a mesa sem dar qualquer demonstração de que reconheceu alguém aqui.

Depois de dizer isso, o conde voltou para o salão, onde os convidados bebiam champanhe e tagarelavam alegremente. Alguns deles, porém, tremiam de medo ou aflição, sem que ninguém percebesse.

O local do crime

O jantar foi maravilhoso. As melhores iguarias vindas das mais diferentes partes do mundo estavam à mesa, regada com os vinhos franceses mais finos.

– Tudo isso é muito bom, muito bonito – disse Château-Renaud –, porém o que mais me admira é esta casa. Não faz muito tempo, até pensei em comprá-la, quando o senhor Saint-Méran colocou-a à venda, mas depois de examiná-la melhor, desisti.

– O quê? Esta casa pertencia ao velho Saint-Méran, sogro de meu marido? – perguntou admirada a senhora de Villefort.

– Eu ignorava isso – disse Monte Cristo. – Foi meu secretário que a comprou em meu nome. Ele cuida de meus negócios em Paris.

– Ela me causou medo – prosseguiu Château-Renaud. – Um jornalista de certa publicação sensacionalista chamou-a de "a casa do crime". Dizem que aqui foi praticado um crime horroroso.

– A casa de Saint-Méran, sogro do procurador da justiça, casa do crime! – exclamou Morrel. – Você deve estar brincando, não é, Château-Renaud?

Villefort, que até então não havia tocado em sua taça de vinho, tomou-a inteira de uma vez só.

– Querem visitar a casa toda? – propôs Monte Cristo. – Lá em cima há um quarto que mandei deixar intacto. Talvez tenha sido lá que cometeram o tal crime, se for verdade que isso aconteceu.

Todos se levantaram e seguiram o conde. Alguns gracejavam com a possibilidade de encontrar um fantasma.

Caminharam pelas diversas dependências da mansão. Ao chegarem ao referido quarto, Monte Cristo abriu a porta e mostrou a parede manchada de vermelho.

– Parecem manchas de sangue, mas para mim não passam de borrões de tinta.

– Assim mesmo estou morta de medo! – exclamou a senhora Villefort. – E a senhora Danglars parece estar pior: ela desmaiou!

Realmente, a mulher, que mal conseguia manter-se em pé, deslizou para um sofá e lá ficou estendida, branca como uma folha de papel.

O conde de Monte Cristo tirou do bolso um pequeno frasco, que aproximou do nariz da mulher. Com um profundo suspiro, ela recobrou os sentidos quase imediatamente.

– Este remédio é muito perigoso; uma gota salva, duas podem matar – comentou, deixando o vidro displicentemente sobre uma cômoda. Depois, dirigindo-se aos que estavam próximos, disse:

– Vamos voltar. Não pensei que esse lugar pudesse causar tanto mal-estar às senhoras. Afinal, é somente um quarto e ninguém foi morto aqui; ao contrário do que dizem, aqui nasceu um belo e saudável bebê.

Ao dizer estas palavras, Monte Cristo observava a senhora Danglars, que, com os olhos muito abertos, não se animava a levantar-se do sofá, mesmo amparada pelo marido.

Depois disso, todos foram para o jardim, onde uma brisa suave e perfumada amenizava o calor da noite.

– Estou desolado, senhora, por haver lhe causado esses transtornos. A senhora é muito impressionável! Estou certo de que não passam de boatos as histórias contadas sobre esta casa. Falam até de um esqueleto de criança encontrado no jardim, mas não cheguei a ver nada disso.

– Talvez não tenha acontecido nenhum crime, mesmo que tenham encontrado um esqueleto – disse Villefort, já recuperando o autocontrole.

– É possível – concordou Monte Cristo. – De qualquer forma, deixarei tudo como sempre esteve. Não me interessam as histórias nem os acontecimentos do passado.

O príncipe e o mendigo

Para Andrea Cavalcanti, a vida tomou um rumo muito bom. Passou a tarde tratando de negócios no banco do barão Danglars, agora seu amigo. Seus negócios envolviam milhões de francos, nada mal para um medíocre ladrão, que quase não conseguia sobreviver dos golpes que aplicava. Quando saiu do suntuoso prédio e ia entrar na carruagem, alguém segurou seu braço. Era um homem coberto de farrapos, que falou com voz segura e ameaçadora:

– Desejo falar-lhe, meu jovem.

– Caderousse! – exclamou o outro, quase num grito.

– Isso mesmo, amigo Benedetto, o pobre e infeliz Caderousse. Vejo que se saiu muito bem depois que o misterioso Simbá, o Marujo nos livrou da prisão. Contudo, nossos destinos foram bem diferentes. Você partiu para Roma e a fortuna, enquanto eu fiquei em Paris, miserável, sem dinheiro nem pão. Quando o vi de longe, nesta bela carruagem, resolvi felicitá-lo por tamanha sorte e aproveitar para pedir-lhe uma ajuda. Afinal, não se esquecem os velhos amigos e companheiros de profissão, não é?

Cavalcanti meteu a mão na cintura e sacou de uma pistola. Caderousse estava com uma afiada faca na mão e disse:

– Calma, camarada! Tenho mais habilidade com as armas do que você.

O outro resolveu negociar:

– Está bem. O que quer de mim, afinal?

Caderousse entrou na carruagem e sentou-se, dizendo:

– Vamos andar um pouco. Você me contará como ficou rico e eu, o quanto ainda sou miserável.

– Pouco sei de tudo isso. Depois que o tal de Simbá pagou aquela grande quantia para nos ajudar a fugir da prisão, fui levado até um religioso, que por sua vez me mandou para Paris, ao encontro do conde de Monte Cristo. Disseram-me como devia me comportar e, com o título de príncipe Andrea Cavalcanti, estou obedecendo ao que me ordena o conde. Se não fizer tudo como ele quer, voltarei para a prisão, o que está fora de meus planos. Quem me fornece o dinheiro é um tal de lorde Wilmore, um banqueiro inglês que parece também obedecer ao conde. Isso é tudo que sei.

– Isso é o que quer me contar, meu jovem. Há muitas folhas faltando nesse seu romance. Bertuccio, o secretário do conde, não é seu pai?

– Não. Ele me achou na rua ainda bebê e entregou-me para sua cunhada, que cuidou de mim até morrer. Quando ela morreu, dei o fora.

– Isso pouco importa. Hoje você é um príncipe muito rico e, se existe solidariedade entre ladrões, sou credor de parte dessa fortuna. É claro que não farei nada para desmascará-lo, se for bem pago...

– Você continua o patife de sempre, amigo Caderousse. Mas se engana quanto à minha fortuna. Ando bem vestido e com esta bela carruagem, mas, dinheiro mesmo, só recebo alguns francos para as despesas. Entretanto, parece que o conde tem grandes planos para mim. Talvez no futuro o dinheiro farto apareça.

– Está bem. Por enquanto, vou me contentar com duzentos francos por semana. Depois veremos – disse Caderousse, dando o caso por encerrado. – Irei buscar o dinheiro toda semana na porta da mansão de Monte Cristo. O desta semana, pague-me já, pois preciso ir.

Sem outra saída, Andrea pagou. Caderousse guardou o dinheiro no bolso e sumiu nas sombras dos becos escuros e sujos de Paris.

O velhaco Benedetto ficou planejando uma forma de se livrar daquele incômodo. Logo agora que estava tão próximo da fortuna, não seria um mendigo como Caderousse que haveria de atrapalhar os seus planos.

Um novo projeto de casamento

Alguns dias depois, Danglars fez uma visita ao conde de Monte Cristo, em sua mansão em Champs--Elysées.

– Meu caro amigo – disse ele assim que chegou –, sei que tem mais dinheiro que eu e por isso quero falar-lhe francamente.

– Está precisando de dinheiro? – perguntou o conde.
– Se for isso, é só dizer de quanto precisa.

– Nada disso. Ainda não cheguei a tal ponto. Estou necessitando é de bons conselhos. Não faz muito tempo, minha mulher me fez perder mais de um milhão de francos com uma notícia falsa.

– Aquela história da Espanha? Ainda não entendi direito o que aconteceu – disse Monte Cristo, com ar inocente.

– É simples. O senhor sabe que ela é muito amiga de Debray, o secretário do ministro. Todo mundo sabe, inclusive eu, seu marido. Debray lhe faz confidências sobre os rumos dos grandes investimentos, que ela me transmite e eu trato de aproveitar. São negócios altamente secretos, pelos quais se podem obter grandes lucros. Debray, aquele patife, leva sempre vinte por cento de tudo. Foi assim com o caso da Espanha. Acontece que a informação deve ter vindo truncada ou então se tratava de uma armadilha, e acabei perdendo uma fortuna.

– Um milhão não me parece grande perda para um banqueiro de seu porte – comentou o conde.

– É verdade. Mas, logo em seguida, o senhor Jacob, um bom investidor italiano que fez negócios com meu banco durante dez anos, sumiu. Desapareceu, deixando uma dívida superior a um milhão de francos! Outro milhão, meu caro conde!

– Como assim, desapareceu? E as garantias? – quis saber o outro.

– Desapareceu de Livorno, sua sede de operações. – O banqueiro gemia, consternado. – Não havia garantias, já que os negócios eram feitos na base da confiança mútua.

– E a polícia não o procurou?

– Ele não fez nada contra a lei. Nosso negócio era um tanto, digamos, secreto. O senhor sabe, importação e exportação. – O banqueiro suspirou profundamente. –

Mais dois casos como esse e o banqueiro Danglars fecha as portas. Por isso vim até aqui...

– Não entendo o que o trouxe aqui. Se não quer dinheiro, em que posso ajudá-lo?

– Bons conselhos e informações. Preciso saber mais a respeito de Andrea Cavalcanti. Ele é mesmo muito rico?

– Ele veio até mim recomendado por meus correspondentes na Itália e na Inglaterra. Pelo que sei, é muito rico ou de família muito rica. Não o conhecia antes. O nome Cavalcanti parece ser muito importante na Itália. Mas por que essa pergunta?

– Bem, parece que ele veio para a França em busca de uma noiva. Ouvi dizer que pretende se casar com uma francesa.

– E então? – O conde não facilitava o diálogo.

– Ele me disse que dispõe de sete milhões de francos para investir. Nenhum banqueiro despreza essa quantia. – Um silêncio quase palpável se fez entre os dois. Finalmente, Danglars declarou: – Tenho uma filha em idade de casar; um príncipe rico seria um noivo ideal.

– Eugenie? – exclamou o conde de Monte Cristo. – Mas ela não ia se casar com o jovem Albert?

– O jovem Albert? Sim, é verdade, mas desejo um futuro melhor para minha filha. A família Morcerf, além de não ter uma grande fortuna, comprou seu título de nobreza –Danglars falava impetuosamente.

– O senhor está seguro do que diz?

– Sim, é a mais pura verdade!

– Pensei que o nome dos Morcerf daria solidez ao banco Danglars – ponderou o conde.

– O senhor está brincando! Recebi meu título de barão do rei. Morcerf comprou o dele!

– Por que o senhor está me contando tudo isso? – perguntou o conde.

– Porque preciso da sua ajuda. O conde de Morcerf jamais existiu. Seu nome é Fernand Mondego, e não passava de um pescador em Marselha. Morcerf é um nome nobre que ele arranjou na Grécia, depois de ter abandonado o príncipe Tabelin-Pachá à própria sorte com a invasão dos turcos, se é que não aconteceu algo pior ainda. Essa história do príncipe é bastante obscura. Por isso, pensando bem, não gostaria que minha filha pertencesse a essa família.

– O senhor não tem um representante na Grécia? Por que não lhe pede informações sobre esse caso? Uma boa investigação poderá esclarecer tudo.

– O senhor me deu um bom conselho. É isso que farei. Muito obrigado.

No gabinete do procurador Villefort

Quando a senhora Danglars entrou no escritório do procurador do rei, no Palácio da Justiça, seu coração batia freneticamente. Villefort recebeu-a sentado à grande mesa, com a fisionomia fechada, observando-a friamente por trás de seus óculos de aro de ouro.

– Depois de tantos anos, vim aqui hoje para termos uma conversa definitiva – disse a mulher, que nem sequer cumprimentou o procurador.

– Parece que chegou a hora de relembrar nossos pecados – disse ele em voz baixa.

– Não me sinto culpada por nada. Naquela época nos amávamos e fomos felizes – retrucou a mulher, quase num sussurro.

– Mas o tempo passou e sofri muitos dissabores... Talvez tenhamos de pagar pelo nosso crime.

– Não pratiquei nenhum crime! Apenas fomos vítimas da má sorte. – Ela estava prestes a chorar. – Naquele dia em Auteuil, senti que havia alguma coisa a mais em nosso passado. O conde de Monte Cristo...

– O conde de Monte Cristo mentiu. Armou uma farsa! – gritou Villefort. – Não sei com que propósito, mas tudo o que ele fez em Auteuil foi um teatro.

– Então não é verdade que ele encontrou uma ossada de criança em seu jardim? – A mulher chorava silenciosamente, enquanto retorcia as mãos, angustiada.

– É mentira! Uma grossa e suja mentira. Escute bem como as coisas aconteceram naquela fatídica noite. Quando desci para o jardim com o bebê dentro da caixa, fui atacado por um corso assassino, que queria vingar a morte do irmão. Apesar de ter sido apunhalado, vi quando ele pegou a caixa com a criança e fugiu. Certamente pensou que havia algo de valor dentro dela. Então consegui arrastar-me até a diligência e parti rumo a Paris. Em minha casa, contei que havia sido ferido em um duelo de espada. Depois fui à casa dos meus sogros em Marselha, onde me curei do ferimento. Quando voltei a Auteuil, vasculhei todo o jardim e não encontrei nenhum sinal da caixa com o pequeno. Portanto, o conde de Monte Cristo mentiu quando disse que haviam encontrado um esqueleto de criança lá.

– Mas e a criança? E meu filho? O que houve com ele afinal? – choramingou a mulher.

– Eu pensei que ele estivesse morto! Entretanto, seis meses depois que o bandido o levou, meus investigadores me informaram que um corso havia embarcado num navio cujo destino era a Córsega, levando um bebê. Concluí que fosse o seu... o nosso filho.

– Meu Deus! Durante todos esses anos, acreditei que meu filho estivesse morto! Temos de pagar por esse crime.

– Precisamos nos prevenir contra esse conde. Se ele mentiu, deve ter alguma coisa em mente. Vou tratar de descobrir quem é esse homem. Dentro de algumas horas, terei todas as informações sobre ele.

– Que me importa o conde! Quero saber de meu filho. Se está vivo, talvez seja possível encontrá-lo. – A mulher chorava copiosamente.

– Melhor esquecer o passado. Você é esposa de um banqueiro e se isso vier à tona só vai prejudicar todo mundo.

O abade Bussoni e o lorde Wilmore

Depois dessa pesada conversa com a senhora Danglars, Villefort descobriu que, em Paris, havia duas pessoas que poderiam dar-lhe informações sobre o misterioso conde de Monte Cristo: o abade Bussoni e Wilmore, um lorde inglês. Com a ajuda da polícia, descobriu os endereços dos dois e, disfarçado de investigador policial, visitou primeiramente o abade. Foi recebido na ampla biblioteca da modesta casa do religioso.

– Então o senhor é policial e vem em nome do chefe de polícia de Paris? Creio que já o conheço, pois certa vez pedi-lhe permissão para visitar os prisioneiros do Castelo de If e, se possível, ajudá-los.

– Ele disse que confia no senhor e me recomendou visitá-lo – respondeu o outro diplomaticamente. – Estou buscando informações sobre o conde de Monte Cristo, essa personalidade que está surpreendendo Paris.

– Monte Cristo é o nome de uma pequena ilha no Mediterrâneo. O senhor que usa esse título na verdade se chama Zancone – afirmou o abade. – Seu pai era um comerciante de Malta e eu o conheci bem, pois passamos a infância juntos. Quando jovem, o conde entrou para a marinha e participou da guerra na Índia.

– Ele é rico?

– Pelo que sei, sua fortuna é composta de seis ou sete milhões de francos, além de propriedades em todo o mundo. Foi nomeado Cavaleiro de Cristo pelo papa, pela ajuda que prestou aos cristãos no Oriente. Mensalmente, recebo dele uma doação de dez mil francos, para distribuir aos pobres.

– Então deve ser um santo homem! – exclamou Villefort, ironicamente. – Por acaso tem algum inimigo?

– Sei de apenas um: o lorde Wilmore. Ambos estiveram na guerra da Índia, mas em campos opostos. É só o que sei.

– É pouco. Preciso de mais informações – disse o procurador, um tanto asperamente.

– Então fale com o próprio lorde Wilmore, que está em Paris. Só não mencione o meu nome, pois ele detesta Zancone e sabe que sou seu amigo.

– Esse senhor Zancone já tinha vindo para a França alguma vez antes?

– Não, é a primeira vez.

– Uma última pergunta, senhor abade. Por que Monte Cristo comprou aquela casa de Auteuil?

– Parece-me que pretende transformá-la em um hospital ou hospício para loucos. A casa foi comprada por seu secretário. Pelo que sei, ele queria uma casa que fosse apropriada para essa finalidade, e a propriedade de Auteuil possui as características necessárias.

Villefort saiu com a sensação de que pouco havia acrescentado ao que já sabia e foi em busca do lorde, que estava hospedado num hotel no centro de Paris.

Depois de quase uma hora de espera, foi recebido pelo inglês. Era um homem de longos cabelos louros e um vasto bigode, que caía pelos cantos da boca. Villefort apresentou-se novamente como um policial e interrogou o lorde com as mesmas perguntas feitas ao abade. Ficou sabendo que o conde de Monte Cristo havia enriquecido ao explorar uma mina de prata na Grécia.

– E por que decidiu vir a Paris?

– Talvez para aplicar seus ganhos e aumentar sua fortuna. Nada sei sobre isso.

– Por que o senhor o odeia?

– Porque ele me roubou a mulher que eu amava, em Constantinopla.

– O senhor sabe por que ele resolveu comprar a mansão de Auteuil?

– Sei, sim. Ele é louco! Acredita que no jardim existe uma fonte de água que cura qualquer doença e pensa em construir lá uma estação de águas termais como as de Vichy ou Luchon. Esburacou todo o jardim à procura dessa água. Coisa de gente maluca.

Depois que Villefort partiu, satisfeito com as informações que obtivera, lorde Wilmore retirou sua longa cabeleira loira, o vasto bigode e os óculos de grossas lentes, revelando sua verdadeira identidade: era o conde de Monte Cristo.

Noirtier contra Château-Renaud

O senhor e a senhora de Saint-Méran partiram de sua casa em Marselha para assistir ao casamento da neta Valentine de Villefort com o duque Château-Renaud. Durante a estada em Paris, o senhor de Saint-Méran faleceu subitamente, depois de tomar seu remédio noturno. A causa inicial parecia ter sido um colapso cardíaco, mas o médico que o examinou estranhou a ocorrência e pediu uma autópsia.

No segundo dia em que estava na casa dos Villefort, a viúva de Saint-Méran também sentiu-se mal e faleceu poucos minutos depois, com os mesmos sintomas de seu recém-falecido marido.

O médico da família chamou o procurador do rei para uma conversa particular e informou:

– Senhor, tanto o senhor como a senhora de Saint--Méran morreram envenenados.

Villefort levou um choque.

– Envenenados? Mas isso não é possível! Quem faria tal coisa?

– Quem herdará a fortuna dos falecidos? – perguntou bruscamente o médico.

– Minha filha Valentine, mas ela jamais cometeria um crime tão terrível. – Villefort quase gritava.

– Então o senhor deve começar a procurar o possível culpado pelos crimes.

Apesar desses trágicos acontecimentos, o casamento de Valentine e Château-Renaud foi marcado para a semana seguinte. O contrato seria assinado na mansão Villefort alguns dias antes da cerimônia pública. Na data marcada, foi preparada uma pequena reunião com a presença do escrivão, seu criado e representantes das duas famílias. Os noivos já se preparavam para assinar os termos quando Barois, secretário do velho Noirtier, entrou na sala e comunicou que seu patrão queria falar com o noivo imediatamente.

Villefort ficou irritado.

– O que será que meu pai quer agora? O momento é totalmente inoportuno.

– Não sei, mas ordena que o duque fale com ele agora.

– Irei até lá – disse o duque. – Afinal, alguns minutos a mais ou a menos são irrelevantes.

Todos encaminharam-se para a sala do ancião, que os aguardava em sua cadeira.

Barois entregou um maço de papéis ao duque Château-Renaud e disse:

– Meu patrão, o senhor Noirtier, deseja que o senhor leia esse documento em voz alta.

O texto datava de 8 de fevereiro de 1815. Narrava uma reunião secreta realizada por bonapartistas, que se preparavam para auxiliar o imperador, que sairia da ilha de Elba em direção a Paris, para reconquistar o poder. Nessa reunião, um bom número de cidadãos discutia a melhor forma de ajudar na derrubada de Luís XVIII e na retomada do trono. Um dos presentes levantou-se e declarou que não participaria dessa conspiração e denunciaria seus membros para o próprio rei. O presidente da reunião desafiou-o para um duelo e acabou matando-o.

Terminada a leitura, lágrimas abundantes correram dos olhos de Château-Renaud.

– Diga-me, foi um duelo honesto? – perguntou, com voz insegura.

Os olhos expressivos do velho fitaram o rapaz e responderam afirmativamente.

– Quem era o presidente da reunião? – inquiriu o jovem, agora em voz alta.

O velho lançou um olhar para Barois, que logo voltou com o dicionário na mão. À medida que os olhos de Noirtier davam sinais, ele ia percorrendo as páginas, até formar a frase:

– Eu, Noirtier.

– Então foi o senhor que matou meu pai? – gritou Château-Renaud.

O olhar do ancião respondeu afirmativamente.

Os venenos mortais

O jornal *O Imparcial*, de Beauchamp, havia publicado um artigo que fez Albert de Morcerf invadir a redação furioso. O jornalista não notou o estado de espírito do outro e saudou-o alegremente:

– Até que enfim o amigo veio ver onde ganho a vida!

– Deixe de lado as frases bonitas! – exclamou o recém-chegado. – Estou aqui para desafiá-lo para um duelo.

– Um duelo? Mas por quê? – admirou-se o outro.

– Pelo artigo publicado em seu jornal, que ofende meu pai de morte. – O jovem Albert agitou o jornal na frente do outro, que não estava entendendo nada. – O artigo diz que um traidor chamado Fernand, que era homem de confiança do príncipe Tabelin-Pachá, entregou-o aos turcos durante a guerra de 1822. Diz ainda que, além de abrir as portas do palácio para que os turcos entrassem, o traidor assassinou o príncipe.

– Você está maluco? Nessa época, certamente havia muitos Fernands na Grécia. Por que haveria de ser justamente seu pai o homem citado no artigo?

– Porque meu pai era o oficial conselheiro do príncipe Tabelin quando os turcos tomaram o palácio, e ele mal teve tempo de fugir.

Um grande silêncio pairou sobre os dois homens, que se encaravam sem saber que atitude tomar. Por fim, o jornalista falou ponderadamente:

– Recebi essa matéria da Grécia e publiquei-a sem imaginar que poderia prejudicar um amigo. Vou investigar os fatos relatados. Se forem verdadeiros, aceito o seu desafio para um duelo. Se forem falsos, publicarei um artigo para desmenti-los, com pedidos de desculpas.

– Está bem. Dentro de três semanas, voltarei aqui e, se for o caso, com minhas testemunhas.

As revelações, contudo, não se limitavam aos artigos publicados pela imprensa.

Depois de saber que Noirtier era o responsável pela morte de seu pai, ainda que fosse em duelo justo, Château-Renaud não quis mais casar-se com sua neta.

Era esse mesmo o propósito do velho ao revelar aquele segredo de tantos anos, o que deixou Valentine feliz e aliviada, pois amava o jovem oficial Maximilian Morrel. Quando a jovem contou a novidade ao seu bem-amado, ambos foram agradecer ao velho Noirtier.

Com sua linguagem peculiar, o velho aconselhou sua neta a partir dali, pois corria perigo de ser envenenada, assim como seus avós.

Fazia calor e Barois abriu as janelas para refrescar o ambiente. Depois, como tinha sede, pegou um copo de água que estava sobre a cômoda e bebeu-o. Em poucos minutos, retorcia-se no chão, em espasmos violentos. Não ficou vivo mais de dez minutos, vítima de violento veneno.

Ao ser avisado, Villefort desesperou-se:

– A morte tomou conta desta casa! – bradou. – Que explicação pode haver para tudo isso?

Depois de examinar o criado morto, o médico declarou:

– O veneno que o matou é o mesmo que foi usado para matar o casal Saint-Méran. A água que ele bebeu era destinada ao seu pai.

– Mas quem pode ter feito isso, meu Deus? – soluçava o assustado procurador.

– Reflita, senhor – disse o médico. – Quem poderia se beneficiar com todas essas mortes?

– Minha filha não seria autora de tantas mortes – gritou. – Eu a conheço o suficiente para saber que jamais mataria uma pessoa.

– Bem, o senhor é o representante do rei aqui. Cumpra o seu dever; caso contrário, serei obrigado a ir à polícia.

– Fique tranquilo, doutor. O culpado será punido, seja quem for – sentenciou Villefort.

Uma passagem por Champs-Elysées

O conde de Monte Cristo recebeu uma estranha carta, informando que um ladrão lhe faria uma visita naquela noite. Despachou seus criados para Auteuil e ficou só na mansão, esperando pelo visitante noturno.

Pouco antes das duas horas da madrugada, escutou um ruído na janela lateral e logo um foco amarelado de luz indicou-lhe que o gatuno já estava dentro de casa.

"Talvez seja apenas um pobre ladrão em busca de algo de valor", pensou.

Sem hesitar, o ladrão encaminhou-se para o grande cofre-forte que havia no escritório do conde.

– Boa noite, senhor Caderousse – disse suavemente Monte Cristo, na pele do abade Bussoni.

– Abade! – exclamou Caderousse assim que a chama do lampião iluminou a sala.

– Faz tempo que não nos vemos. Desde que lhe dei o diamante e você matou o joalheiro.

– Não fui eu. Foi a Carconte! – exclamou o bandido. – Foi por isso que não fui sentenciado à morte. Contudo, fui condenado a uma longa pena.

– E agora veio roubar meu amigo Monte Cristo. Como conseguiu sair da prisão?

– Fui libertado por um homem misterioso, um tal de Simbá, o Marujo, juntamente com meu companheiro de cela.

– Benedetto era o nome de seu companheiro de cela, não? Onde está ele agora?

– Não sei, nunca mais o vi depois que fugimos da prisão.

– Você mente, pois sei que está vivendo com o dinheiro que ele lhe dá.

Caderousse abanou a cabeça, vencido.

– É verdade. Ele é protegido de um ricaço que lhe dá muito dinheiro, eu pego dele apenas uma pequena quantia.

– E quem é esse homem tão rico?

– O conde de Monte Cristo, que o chama de Andrea Cavalcanti.

– Aquele que vai se casar com a filha do banqueiro Danglars?

Caderousse achou que o abade estava distraído e, sacando de um punhal, atirou-se sobre o religioso. Duas mãos fortes prenderam-lhe os pulsos, imobilizando-o.

– Para um velho abade, o senhor é muito forte – gemeu o bandido.

– Vou deixar que saia pelo mesmo lugar por onde entrou. – E com um empurrão levou Caderousse até a janela e atirou-o para fora.

Ao cair, Caderousse foi recebido por uma sombra, que lhe desferiu três golpes de punhal.

Monte Cristo viu tudo e correu para ampará-lo. Levou consigo um frasco e fez com que bebesse um gole do líquido. Depois disse:

– Quem lhe feriu foi Benedetto, ou Andrea Cavalcanti. Ele teme que sua verdadeira identidade seja revelada. Tenho aqui uma carta que o denuncia, dizendo que vocês dois assaltavam a casa de Monte Cristo quando ele o atacou. Assine-a e vou tentar salvá-lo.

Caderousse assinou, pois sem a ajuda daquele estranho personagem não conseguiria sair vivo dali. Com voz débil, perguntou:

– Por que tudo isso? Quem é o senhor, afinal?

O conde tirou a cabeleira falsa e despiu a batina. Caderousse exclamou:

– O conde de Monte Cristo! – E tombou morto.

O traidor do príncipe Tabelin

Três semanas se passaram e Beauchamp procurou Albert de Morcerf.

– Veio retratar-se? – indagou o jovem ao ver o jornalista entrar.

– Calma, meu amigo. Sente-se e escute. Acabo de chegar da Grécia, onde passei duas semanas investigando o caso de seu pai. Aqui estão os documentos que provam que Fernand Mondego não só possibilitou a entrada dos turcos no castelo de Tabelin, como também o matou e vendeu sua mulher e sua filha como escravas.

Trêmulo e emocionado, o jovem leu os documentos. Depois, completamente arrasado, perguntou com a voz quase inaudível:

– Por que fez isso?

– Seu pai viveu em uma época sem lei nem ordem, quando só os mais astutos sobreviviam. Ele fez o que muitos fizeram, mas prometo-lhe que jamais revelarei o que acaba de saber. Fique tranquilo, pois tudo será esquecido em breve.

Ouviram uma discreta batida na porta e o conde de Monte Cristo entrou. Depois de breves cumprimentos, observou o semblante pálido de Albert e comentou:

– Meu amigo parece não estar muito bem de saúde. Talvez uma temporada na praia, respirando o ar marinho, lhe faça bem. Acabo de comprar uma casa no litoral, onde pretendo me refugiar até que termine essa investigação sobre o assassinato do ladrão em minha residência. Ultimamente, há sempre dez policiais a me importunar com perguntas infindáveis. Gostaria de me acompanhar?

– Aceite, Albert – disse Beauchamp. – Eu cuido das coisas por aqui.

No dia seguinte, ambos estavam instalados na praia, enquanto os acontecimentos se precipitavam em Paris.

Uma assembleia foi convocada para esclarecer os fatos. Quando o conde de Morcerf entrou, todos os olhares se voltaram para ele.

– O senhor está sendo denunciado por vários atos indignos, cometidos quando servia ao príncipe Tabelin-Pachá, na Grécia. Recebemos alguns documentos que comprovam as denúncias. Tem algo a declarar?

– Declaro que tudo o que foi alegado contra mim é falso. Tenho as provas de minha inocência. – Apesar de ter a voz segura, pois era um homem experiente em debates públicos, o suor corria-lhe pelas faces. Tirou do bolso um grande envelope, contendo muitos papéis. Eram atestados de bons serviços prestados, todos assinados pelo príncipe Tabelin.

– Por favor, façam entrar a testemunha que está na sala ao lado.

A porta se abriu e Haydée, a bela grega, entrou com passos seguros e postou-se com altivez na cabeceira da longa mesa de reuniões.

– Sou Haydée, filha do príncipe Tabelin, e tinha cinco anos quando meu pai foi assassinado. Vi quando um oficial francês entrou no castelo, comandando as tropas turcas. Esse oficial, que era o conselheiro de meu pai, cortou-lhe a cabeça e entregou-a aos turcos. Depois, eu e minha mãe fomos vendidas por ele como escravas. Tenho aqui os documentos que provam o meu nascimento e a venda como escrava. –Depositou sobre a mesa uma grossa pasta, amarrada por uma fita de seda vermelha.

– Esse homem matou meu pai e nos vendeu como

escravas! – disse Haydée, apontando o dedo acusador para Fernand Mondego. – Eu o reconheço!

– Algo a declarar, conde de Morcerf? – perguntou o presidente da assembleia, com voz fria.

Mondego saiu da sala cambaleando como um bêbado.

Os Morcerf e o conde de Monte Cristo

De volta a Paris, Albert procurou Beauchamp, que lhe informou sobre os últimos acontecimentos. Quando ficou sabendo que Haydée havia denunciado seu pai, compreendeu que o conde de Monte Cristo estava por trás de tudo.

Acompanhado de Beauchamp, Château-Renaud e Debray, foi em busca do conde, que estava na Ópera.

– Senhor, exijo uma explicação agora! – disse Albert, diante do conde.

– Aqui não é lugar para explicações – respondeu tranquilamente o conde. – Procure-me amanhã, em minha casa.

Albert tentou esbofetear o conde, mas foi contido por Beauchamp.

O conde levantou-se e falou friamente:

– Amanhã resolveremos essa questão com um duelo.

Albert partiu, arrastado por Beauchamp e Debray.

– O que aconteceu de tão grave, para que esse homem exija explicações de modo tão rude? – perguntou Maximilian Morrel ao conde, aturdido pelos acontecimentos.

– A história de seu pai o enfureceu. Na assembleia, Haydée acusou o conde de Morcerf de ter traído e assassinado seu pai, o príncipe Tabelin. Como ela vive comigo, ele acredita que arquitetei tudo isso. Compreende agora a sua fúria?

– Bem – Morrel foi cauteloso. – Parece-me que ele se sente desonrado.

– Pior que isso: amanhã estará morto – afirmou Monte Cristo.

Em sua mansão em Champs-Elysées, Monte Cristo preparava as pistolas para o duelo, quando Bertuccio entrou, anunciando a visita de uma senhora.

– Mande-a entrar – ordenou o conde.

A senhora Morcerf entrou espavorida e atirou-se aos pés do conde.

– Edmond, não mate meu filho! – exclamou, entre lágrimas.

– Por que nome me chamou, senhora?

– Edmond. Sei que você é Edmond. E eu sou Mercedes! – gritou a mulher.

– A Mercedes que conheci está morta. Não conheço nenhuma outra.

– Está viva! Eu o reconheci no primeiro momento em que o vi. Compreendi que veio para se vingar de meu marido, o conde de Morcerf.

– A senhora fala de Fernand Mondego. Parece que esta noite vamos recordar muitos nomes esquecidos.

– Por Deus, Edmond, tenha piedade! Não mate meu filho! Ele entendeu que a desgraça de seu pai foi ocasionada por sua interferência.

– Fui apenas o instrumento da punição daquele criminoso. Foi ele, o pescador Fernand, que me atirou na prisão. Fui condenado ao inferno por uma falsa denúncia feita por ele, Caderousse e Danglars. Agora todos pagarão por isso. E a punição será dura! – exclamou Edmond Dantés, cheio de ira.

– Então vingue-se sobre os culpados, e não sobre seus filhos inocentes. Se matar meu filho, eu o odiarei para sempre.

– Se a senhora o ama tanto assim, então eu devo morrer. Ele viverá.

– Não! Que vivam os dois! Que esse duelo não se realize! – implorou a mulher.

O duelo

Nos bosques de Vincennes, o dia amanhecia. Château-Renaud e Debray, as testemunhas de Albert, estavam de um lado do pequeno campo onde ocorreria o duelo; do outro lado, Maximilian Morrel e seu cunhado Emmanuel, marido de Julie, esperavam os contendores. Como mandava a tradição da época, serviriam de padrinhos das partes.

A fisionomia de Monte Cristo estava séria e ele parecia pouco à vontade. Aguardava a chegada de seu adversário em grave silêncio.

Albert chegou com dez minutos de atraso e desculpou-se.

– Quero falar com o conde de Monte Cristo – disse, com voz rouca. – Mas que todos ouçam o que vou dizer.

Todos se reuniram na pequena clareira e Albert, elevando a voz, falou:

– Não esqueçam o que vou dizer, mesmo que isso pareça um tanto estranho.

– Estamos ouvindo – disse Monte Cristo.

– Desejei matar o conde de Monte Cristo porque acreditei que havia caluniado meu pai, mas ontem minha mãe revelou-me todo o passado do conde de Morcerf, ou melhor, de Fernand Mondego, o pescador de Marselha. Por isso, embora me seja penoso entrar em detalhes sobre essa sórdida história, quero pedir desculpas publicamente ao conde de Monte Cristo e rogar-lhe humildemente que me desobrigue de enfrentá-lo num duelo em que não se fará justiça, qualquer que seja o resultado.

Monte Cristo adiantou-se, com lágrimas nos olhos. Não conseguiu dizer nada, pois sua voz estava embargada. O jovem prosseguiu:

– Desejo ainda estender a mão para o conde e reafirmar meu pedido de escusas.

Ambos apertaram-se as mãos longamente. Em seu íntimo, Monte Cristo agradeceu a Mercedes por ter revelado ao rapaz as razões que culminaram com a denúncia de Fernand Mondego.

– Mas se algum de meus amigos aqui presentes acreditar que me falta coragem para duelar, estou pronto a dar satisfações agora mesmo – proclamou Albert.

"Eis o 'leão' rugindo, demonstrando nada temer. Bem se vê que é filho da brava Mercedes. Enfim, estou livre de um fardo quase impossível de carregar", pensou Edmond Dantés, um pouco mais tranquilo.

O encontro dos dois inimigos

De volta ao lar, Albert contou a sua mãe o desfecho do encontro em Vincennes e ambos resolveram abandonar aquela casa, bem como o conde de Morcerf. Arrumaram as malas com suas roupas e pertences pessoais e saíram momentos antes da chegada do conde de Morcerf. Um bilhete breve, escrito pelo filho e assinado por ambos, explicava ao conde os motivos de sua decisão de renunciar à fortuna e ao título de nobreza obtidos de forma tão criminosa.

Fernand Mondego ficou furioso. Imediatamente entrou em sua carruagem e mandou seguir para a mansão do conde de Monte Cristo em Champs-Elysées. Foi recebido na ampla biblioteca, onde o conde bebia uma taça de vinho, enquanto escrevia.

– Senhor, exijo satisfações! – exclamou, ainda na porta de entrada. – O senhor duelou com meu filho hoje e nenhum dos dois morreu. Por quê?

– Porque não houve duelo. Seu filho me pediu desculpas e demos o caso por encerrado.

– Está insinuando que meu filho se acovardou? Que teve medo?

– Não, ao contrário. Ele é muito corajoso. Ficou sabendo a verdadeira história de sua família e concluiu que não havia motivo suficiente para matar ou morrer.

– Então não há dúvida de que o senhor é o causador de todas essas calúnias que correm contra mim – gritou o homem, raivosamente. – O senhor vai duelar comigo, e um de nós dois morrerá!

Os olhos do conde de Monte Cristo brilharam perigosamente. Com passos calmos, ele entrou no quarto ao lado e, depois de alguns minutos, voltou vestindo sua velha roupa de marinheiro.

– Reconhece agora o homem à sua frente? – falou com voz fria e cortante.

Fernand recuou. Suas pernas tremiam e ele balbuciou algumas palavras sem sentido.

– Fernand! – gritou o conde. – Recorda meu nome agora? Reconhece meu rosto, apesar do tempo que passou?

Fernand Mondego recuou até a porta, com os olhos esbugalhados de pavor.

– Edmond! Edmond Dantés! – gritou, num esgar. Enlouquecido, correu para a porta, saltou para a rua e jogou-se sobre o assento da carruagem.

– Para casa! Para casa! – gritou ao cocheiro, escondendo o rosto entre as mãos, como se quisesse fugir de uma imagem pavorosa.

Chegando em casa, correu para o escritório e abriu a primeira gaveta de sua escrivaninha, de onde tirou uma pistola. Um forte estampido quebrou o silêncio da mansão.

Fernand Mondego, o conde de Morcerf e general do exército da França, acabava de acertar suas contas com o passado e com a vida.

O casamento de Eugenie, filha de Danglars

Em Paris, o verão de 1838 transcorria muito agradável. A cidade toda parecia mais alegre do que o normal.

Danglars, o banqueiro, sentia-se particularmente feliz, pois era o dia do casamento de sua filha Eugenie com o rico príncipe italiano Andrea Cavalcanti. Boa parte da elite parisiense fora convidada para o grande acontecimento.

O príncipe visitara o conde de Monte Cristo alguns dias antes, em sua mansão em Champs-Elysées.

– Senhor – disse ele –, venho convidá-lo para ser meu padrinho de casamento. O senhor me tirou da miséria e apresentou-me a Danglars, de quem serei genro em breve. Enfim, o senhor é mais que um pai para mim.

– Meu caro – respondeu tranquilamente o conde –, não fui eu quem fez tudo isso, e sim o abade Bussoni, que me pediu para recebê-lo em minha casa. Não fiz nada mais que atender ao seu pedido. Não posso aceitar o convite, por motivos que você saberá mais tarde.

O jovem ficou um tanto decepcionado com a recusa do conde e perguntou:

– Ao menos participará da festa?

– Claro, a cidade toda irá – afirmou, com um sorriso um tanto malicioso.

Andrea Cavalcanti criou coragem e perguntou:

– Bem, no caso de meu dinheiro... Lorde Wilmore disse que eu receberia três milhões de francos na ocasião do casamento.

– Pelas informações que tenho, esse dinheiro está a caminho.

– Ótimo! Então, meu bom amigo, agora devo partir e preparar-me para o casamento! – exclamou alegremente o príncipe, acenando com a mão e saindo rapidamente.

Nobres, banqueiros, políticos, belas senhoras e elegantes cavalheiros apinhavam-se no grande salão de festas da mansão de Danglars, onde seria assinado o contrato de casamento de Eugenie e Andrea. O clima de festa contagiou a todos, que bebiam champanhe e trocavam alegres comentários entre si.

Nisso, um mordomo entrou e sussurrou algumas palavras ao ouvido do banqueiro Danglars. Ele ficou pálido e caminhou rapidamente para a porta de entrada, onde estavam postados um oficial de justiça e dois policiais.

– Quem é o príncipe Cavalcanti? – perguntou o oficial em voz alta, ouvida por todos os presentes.

– O que querem com ele? – perguntou Danglars.

– Viemos para prendê-lo. Trata-se de um corso, cujo verdadeiro nome é Benedetto. Fugiu da prisão juntamente com outro criminoso. Os dois tentaram assaltar a casa do conde de Monte Cristo, desentenderam-se e Benedetto acabou assassinando o outro ladrão, que se chamava Caderousse.

E então, diante da elite parisiense, Benedetto, o falso príncipe Andrea Cavalcanti, foi conduzido para a prisão por dois policiais.

A estranha morte de Valentine

Valentine estava adoentada. A senhora de Villefort, sua madrasta, foi dizer-lhe boa-noite e levou uma garrafa d'água, que colocou sobre a mesa de cabeceira.

Valentine dormia um sono agitado. Teve febre e acordou no meio da noite, sedenta. Sentou-se na cama e serviu-se da água da garrafa, enchendo um copo. Quando levava o copo à boca, a porta da biblioteca se abriu e uma sombra deslizou até ela, que reconheceu o conde de Monte de Cristo.

– Estou delirando – murmurou, assustada.

– Não beba! – advertiu o conde em voz baixa, tirando o copo de suas mãos. – Se beber desse copo, morrerá em poucos minutos.

– O que faz aqui, senhor? – perguntou, agora mais surpresa que temerosa.

– Vim a pedido de Maximilian. Ele teme por sua vida, e vejo que tem razão.

– Mas quem poderia querer me matar? E por quê?

– A mesma pessoa que matou seus avós e o criado Barois: sua madrasta, a senhora Villefort.

– Mas por quê, meu Deus?

– Para ficar com sua fortuna. Ela só ama duas coisas na vida: seu filho Edouard e os venenos. Com sua morte, toda a fortuna do senhor e da senhora de Saint-Méran, bem como a do senhor Noirtier, seu avô, seria herdada por seu pai e, no futuro, pelo pequeno Edouard.

– Então, por que ela não matou meu avô também? – perguntou a jovem, ainda um tanto confusa.

– Ela bem que tentou, mas o velho tomou um contraveneno há muitos anos. Sendo assim, o veneno não faz efeito em seu organismo – explicou o conde.

– Preciso fugir daqui imediatamente. Quero ir para junto de Maximilian. O senhor me ajuda? – E assim dizendo, saltou da cama e vestiu uma capa.

– Tenho uma solução melhor. Prometo que logo estará junto de seu amado Maximilian, mas para isso terá de me obedecer cegamente.

– Eu o farei – disse ela com veemência.

– Então beba desta poção. Quando acordar, estará nos braços de seu amado.

Valentine bebeu e Monte Cristo desapareceu pela porta por onde havia entrado.

O procurador e seu pai

Na manhã seguinte, a criada que servia a jovem Valentine entrou no quarto e, vendo que a moça ainda dormia, tocou-a gentilmente. Ela não se moveu. A enfermeira tomou-lhe o pulso e nada sentiu. Sua fronte estava gelada. Ela deu um grito:

– Socorro! Valentine está morta!

O médico, que atendia ao velho Noirtier na sala do andar inferior, subiu as escadas correndo. Villefort ouviu os gritos de seu gabinete e correu também.

– O que se passa aqui? – perguntou, com voz irritada.

– Valentine está morta, senhor – respondeu o médico, apontando para a jovem estirada sobre a cama. – Assassinada, como os outros.

– Morta? Meu Deus, a desgraça se abateu sobre mim! O crime e a traição golpeiam minha casa! Minha filha está morta! Onde está seu assassino? – gritava desesperado o pai.

– Quem disse que Valentine está morta? – gritou outra voz na porta do quarto. Era Maximilian Morrel, que acabava de chegar. Ele havia recebido um recado do conde de Monte Cristo para visitar sua amada. Recebera também estranhas instruções.

– O que este homem faz aqui? – perguntou Villefort, aos berros.

– Sou o homem que ama Valentine mais que tudo na vida! E agora ela está morta! Que desgraça, meu Deus!

Morrel lançou-se sobre o leito, chorando desesperadamente. Logo saiu do quarto e voltou empurrando a cadeira do velho Noirtier. Seguia as recomendações do conde.

– O que faz aqui, seu louco? – perguntou Villefort.

– O senhor de Noirtier sabe quem é o assassino! – gritou Morrel. – Olhe para os seus olhos e confirmará o que digo.

O velho bateu as pálpebras uma vez, confirmando o que o rapaz dizia.

Villefort fez todos saírem do quarto e ficou a sós com seu velho pai. Um quarto de hora depois, saiu com passos incertos e um olhar alucinado, como se tivesse descoberto um terrível segredo.

A verdade

No dia seguinte ao enterro de Valentine, Maximilian Morrel ficou junto de sua tumba, onde passou mais de uma hora, só e incapaz de reagir à perda de seu grande amor.

De repente, sentiu uma mão apoiar-se suavemente em seu ombro.

– Você já chorou bastante. Agora me acompanhe. – Era o conde de Monte Cristo.

– Por favor, deixe-me em paz. O senhor prometeu que salvaria minha Valentine, e agora ela está morta! O que mais posso esperar dessa vida?

– Há muito o que esperar da vida, meu caro. Vamos nos juntar aos nossos amigos. Eles saberão consolá-lo.

A carruagem levou-os para a casa do conde. Lá estavam Julie Morrel e seu marido Emmanuel. Logo Maximilian desculpou-se e foi para o quarto que já havia ocupado anteriormente.

Monte Cristo seguiu-o e encontrou-o debruçado sobre a mesa, escrevendo uma carta. Ao seu lado, havia uma pistola.

– Para que essa carta e essa pistola, meu caro? – perguntou Monte Cristo, com voz suave.

– A vida sem Valentine não tem razão de ser. Vou ao seu encontro – disse o jovem, com a voz rouca.

– Não permitirei que o filho do grande Morrel morra! – exclamou Monte Cristo.

– Por que fala de meu pai? O senhor o conhece? – A face pálida do jovem demonstrava surpresa. – Quem é o senhor, afinal?

– Quem sou eu? Sou aquele que salvou seu pai quando ele pretendia se matar, como você quer fazer agora. Fui eu que mandei o dinheiro por intermédio de sua irmã para salvar a empresa de seu pai. Fui eu que salvei o *Faraó* e o trouxe são e salvo para o porto. Eu sou Edmond Dantés, e segurei-o no colo muitas vezes, quando você era criança.

Maximilian deu um grito de surpresa e alegria e chamou a irmã e o cunhado.

– Julie! Emmanuel! Venham conhecer o homem que salvou a vida e a honra de nosso pai.

Todos rodearam e abraçaram o conde, enquanto beijavam suas mãos, chorando e rindo ao mesmo tempo de alegria.

Monte Cristo, um homem de ferro, sentiu as lágrimas correrem por suas faces. Depois, falou mansamente aos jovens:

– Eu também fui golpeado pela desgraça. Quando jovem, perdi a mulher que amava, a liberdade e os melhores anos de minha vida. Muitas vezes pensei em me matar, mas hoje, vejam só, estou recompensado. Sou rico e forte.

Não recuperei os anos perdidos, mas aprendi a gozar melhor os que me restam. Morrer jovem é uma calamidade.

– Não sei se poderei viver sem minha amada Valentine – murmurou Maximilian, muito emocionado.

– Espere que tudo se resolverá em pouco tempo – disse Monte Cristo.

O acerto com o banqueiro Danglars

Depois de confortar Maximilian e deixá-lo acomodado, o conde de Monte Cristo tomou a carruagem e foi até o banco de Danglars.

– Não vim antes porque acompanhei o enterro de Valentine de Villefort – disse, ao entrar.

– Ainda estou possesso com a história desse patife Benedetto, que se fez passar por um príncipe! Agora sou motivo de riso por toda a cidade de Paris.

– Bem, quero comunicar-lhe que partirei da França. Antes disso, precisamos fazer um acerto de contas. Tenho um crédito de seis milhões de francos com seu banco.

– Menos novecentos mil que gastou – acrescentou o banqueiro Danglars.

– Certo. Gostaria de levar cinco ordens de pagamento de um milhão cada, para retirar em Roma. O senhor poderá sacar esse valor do banco Thomson e Associados. Os cem mil francos restantes ficam na conta.

– Pois não. – Danglars tirou as ordens de pagamento

de uma gaveta e preencheu-as rapidamente. Espertamente, não devolveu a ordem de crédito ilimitado emitida pelo banco Thomson e Associados, que havia recebido de Monte Cristo em sua chegada a Paris.

O conde partiu, aparentemente esquecendo-se também desse documento.

Danglars estava arruinado. Os sucessivos golpes que sofrera haviam destruído sua fortuna. Sua mulher não merecia respeito, pois era notória a sua ligação com Debray. Nada mais o ligava àquela cidade e ele estava decidido. Horas depois do frustrado casamento de sua filha, havia arquitetado um plano: fugiria e reconstruiria a vida em outro lugar, bem distante dali. Primeiro passaria por Roma, onde sacaria os cinco milhões de francos creditados ao conde de Monte Cristo.

Precisava chegar a Roma antes do conde para que seu plano desse certo. Enfiou algumas roupas em uma mala e, depois de sacar todo o dinheiro que havia no banco, tomou sua carruagem e partiu para Roma.

A justiça

Depois da morte de Valentine, Villefort não saiu mais de seu gabinete. Trabalhou intensamente no processo de Benedetto, que teria início na manhã seguinte.

Já era noite alta quando se levantou da cadeira e caminhou até o quarto de seu pai, o senhor Noirtier.

– Meu pai, esperei os três dias, conforme combinamos. Agora vou fazer o que deve ser feito.

O senhor Noirtier fechou os olhos uma vez, concordando com o filho.

Villefort foi até o quarto de sua mulher e entrou sem bater. Seu filho Edouard brincava com um gato sobre o tapete. A mulher lia um livro, apoiada sobre a mesa.

– Meu filho, saia do quarto e espere lá fora. Quero falar com sua mãe.

O menino olhou para a mãe, que acenou afirmativamente com a cabeça.

– Senhora, pode me dizer onde escondeu o veneno que usou para matar meus sogros, Barois e Valentine?

– O que quer dizer, senhor?

– Eu faço as perguntas – respondeu ele, rispidamente. – E se tiver sobrado um pouco desse veneno, aconselho-a a bebê-lo; caso contrário, eu mesmo a entregarei à justiça, para ser julgada e guilhotinada.

– Não compreende que fiz tudo isso por meu filho, o pequeno Edouard?

– A senhora matou quatro pessoas. Serei eu o próximo? Ou o pequeno Edouard?

– Não! – gritou ela. – Edouard não! Jamais mataria meu filho adorado!

Villefort andou até a porta e, antes de sair, voltou-se e sentenciou:

– Quando voltar, espero que tudo esteja resolvido; caso contrário, o tribunal a espera.

O processo

O Tribunal de Justiça estava repleto de gente curiosa para assistir ao julgamento do falso príncipe, que havia enganado toda a cidade de Paris.

O juiz observou o corpo de jurados e ordenou:

– Que entre o acusado.

Benedetto entrou. Sua fisionomia não mostrava qualquer preocupação. Ao contrário, parecia um tanto alegre.

– Seu nome completo? – perguntou o juiz.

Benedetto olhou em volta, como se estudasse o ambiente.

– Excelência, não sei o meu nome verdadeiro. Nasci na noite de 27 para 28 de setembro de 1817, em Auteuil, um lugar próximo de Paris.

Ao ouvir essas palavras, Villefort olhou para Benedetto como se visse um fantasma.

– Profissão?

– Sempre fui ladrão. Agora sou acusado de assassinato.

A pequena multidão que assistia ao julgamento com interesse começou a rir do descaramento do réu.

– Seu nome? – perguntou o juiz, bastante irado.

– Não sei o meu nome verdadeiro, mas posso dizer o de meu pai. Ele se chama Villefort!

Um tumulto agitou a sala. O juiz bateu o martelo e exigiu silêncio.

– Silêncio! O senhor tem alguma prova do que está dizendo? – perguntou o juiz.

– Somente a minha palavra. Quando nasci, meu pai quis livrar-se de mim e colocou-me dentro de uma caixa, que pretendia enterrar no jardim de Auteuil. Um homem que o seguia há bastante tempo, para vingar-se de uma condenação injusta imposta por meu pai a seu irmão, esperava-o no jardim e, assim que teve uma oportunidade, apunhalou-o. Depois, pensando que a caixa continha algum tesouro, pegou-a e fugiu. Mais tarde descobriu que dentro dela havia uma criança, e não teve outro remédio senão levá-la consigo. Assim, fui criado pela cunhada desse criminoso.

– Mas quem era sua mãe? – perguntou o juiz.

– Não sei. Ela pensava que eu estivesse morto. Somente meu pai é culpado. Ele fez de mim um criminoso.

Nesse momento, um grito desesperado de mulher elevou-se da plateia:

– Eu tenho as provas. Eu posso provar! – Era a senhora Danglars.

– Ainda quer as provas, meu pai? – gritou Benedetto para Villefort, que parecia uma estátua de pé.

– Não, não precisa – murmurou, como se segurasse um enorme peso sobre os ombros. Depois saiu cambaleando para a rua, sendo seguido pelos olhares assombrados de todos.

A loucura

Villefort chegou em casa e andou por todos os cômodos. Não encontrou ninguém. Afinal, bateu na porta do quarto de sua mulher e não obteve resposta. O trinco cedeu e ele entrou. Sua mulher estava caída ao lado da cama, morta.

– Onde está Edouard? – gritou Villefort, em pânico.

Ninguém respondeu. No cômodo ao lado, encontrou o filho morto na cama. Um bilhete sobre a mesa chamou sua atenção: "Fui uma boa mãe. Só quis fazer meu filho feliz e ter um futuro seguro. Foi por ele que matei. Uma boa mãe não parte sem seu filho".

Villefort soltou um berro animalesco. Correu para o quarto do pai. Ele não estava só: ao seu lado, estava o abade Bussoni.

– O que faz aqui, senhor abade? – indagou Villefort.

– Venho dizer que afinal você pagou pelos seus crimes. O processo está completo.

O homem olhou para o religioso como se algo não estivesse certo.

– Essa voz! Conheço essa voz! O senhor não é o abade Bussoni, e sim Monte Cristo!

– Não sou o abade, tampouco Monte Cristo. Olhe melhor para o meu rosto. Não nos vemos há vinte e três anos. No dia de meu casamento, você também se casava com a senhorita de Saint-Méran. Olhe bem. Não me reconhece? – A voz fria de Edmond Dantés penetrava no cérebro tumultuado do outro, que não conseguia identificar o seu dono.

– Você me atirou no Castelo de If. Provocou a morte de meu pai. Impediu minha felicidade com a mulher que eu amava e roubou minha juventude. Mas afinal fui recompensado. Consegui sair da prisão e me tornar um homem rico. Assim pude cobrar todos os que me deviam. Eu sou Edmond Dantés! – exclamou, como se fosse a própria voz da vingança.

– Então conseguiu a sua vingança, não? Venha, Edmond Dantés, me acompanhe. – E, dizendo isso, pegou no braço de Dantés e levou-o até onde estava o pequeno Edouard.

– Aqui está meu filho morto. Salve-o! Salve ao menos esse inocente! – gritou.

Nada mais poderia ser feito pelo menino. Estava morto. Dantés abanou a cabeça tristemente. Não esperava uma tragédia tão grande.

Villefort soltou uma gargalhada. Com passos rápidos, quase correndo, alcançou o jardim. Ajoelhado sobre o canteiro de flores malcuidadas, ele começou a cavar a terra com as mãos, rindo de modo histérico.

– Vou achar meu filho. Ele deve estar aqui, o pequeno malandro! – disse com uma voz de criança, em falsete. – Não adianta se esconder, eu vou encontrar você.

– Meu Deus, ele enlouqueceu! – exclamou o conde. – Minha vingança foi mais terrível do que pude imaginar!

O dinheiro de Danglars

Instalado num bom hotel em Roma, Danglars tinha passado uma noite tranquila e agora, depois de uma lauta refeição matinal, preparava-se para ir ao banco Thomson e Associados retirar os cinco milhões de francos utilizando o documento que trouxera consigo.

Ao sair na rua, uma carruagem aproximou-se e estacionou na frente do hotel. Ele aproveitou e embarcou, ordenando ao cocheiro que o levasse ao banco. A carruagem partiu em disparada.

– Mais devagar! – berrou o banqueiro. – Esses italianos parecem loucos!

Logo o veículo atravessou a cidade e corria por uma estrada no campo. Danglars assustou-se:

– Ei, cocheiro! Aonde estamos indo? Volte, seu maluco! Quero ir ao banco!

Depois de mais uma corrida desenfreada, pararam num lugar deserto. Danglars foi tirado do veículo e empurrado para uma caverna, onde vários homens estavam reunidos.

Lembrou-se do rapto de Albert de Morcerf e ficou mais tranquilo. Os bandidos italianos tinham pedido vinte mil francos pelo resgate do jovem e ele tinha o dobro desse valor no bolso. Seria fácil negociar sua liberdade.

Foi preso numa cela gradeada, com apenas uma pequena abertura no alto. Passou o dia todo sentado num catre, esperando que os bandidos se manifestassem. A noite chegou e depois um outro dia, e ele começou a sentir uma fome devastadora. Gritou e bateu nas grades com força e foi atendido por um dos bandidos.

– Tenho fome. Não vão me deixar morrer de fome, espero – reclamou.

– Claro que não, senhor. Deseja um frango assado com alguns legumes e vinho?

– Certamente! O serviço está me parecendo melhor que o de um hotel! – exclamou, quase alegre.

Logo um dos bandidos voltou, trazendo uma bandeja com um apetitoso frango, rodeado de legumes. O outro carregava uma garrafa de vinho e uma taça de fino cristal.

– Aqui está, senhor – disse o homem, com a maior gentileza. – São cem mil francos.

Danglars olhou para a cara do bandido, sem acreditar no que ouvia.

– Como disse?

– São cem mil francos pelo almoço – repetiu o outro.

– Não tenho esse dinheiro, e se tivesse não pagaria essa fortuna por um frango! – Estava indignado.

O carcereiro simplesmente fez meia-volta e desapareceu com a bandeja.

Por volta de seis horas da tarde, a fome era insuportável. Danglars chamou o bandido e disse-lhe que só dispunha de quarenta mil francos. Estava disposto a pagar essa quantia pela refeição.

– O senhor pode nos pagar com um cheque do banco Thomson. Nós iremos receber.

Como eles sabiam dos cheques? Quem eram os homens desse bando, que conheciam tão bem a sua vida?

– Não tem nada mais barato para comer? – perguntou.

– Nosso preço é único para tudo. Temos carne de coelho, frango, peixe; é só escolher... e pagar! – O bandido soltou uma divertida gargalhada. – Com cinco milhões de francos, poderá comer por um bom tempo.

Danglars gelou. Eles sabiam de tudo! Não adiantava tentar esconder.

– E o que farei quando o dinheiro acabar? – perguntou, com voz fraca.

– Então o senhor morrerá de fome.

Os dias foram se passando. Danglars pagava as mais caras refeições do mundo, até que os cinco milhões de francos acabaram. Não restava mais um centavo de toda a fortuna da qual pensava ter-se apossado. Deitado tristemente em seu leito duro, o ex-banqueiro gemia de fome e sede. Estava certo de que o deixariam morrer ali. Apavorado com essa possibilidade, pediu para falar com o chefe do bando.

– Já não tenho mais um tostão – disse ele ao bandido romano. – Agora não desejo mais sair daqui. Posso ficar até morrer, pois mesmo em liberdade não terei como matar minha fome. Minha desgraça está completa.

– Não, senhor banqueiro. A desgraça só estará completa quando a fome o matar! – Não era o bandido que falava. Era uma voz que ele conhecia, mas não conseguia identificar.

Diante dele estava um homem que vestia uma grande capa. Quando ele abriu a capa, Danglars deu um grito.

– O conde de Monte Cristo!

– Não. Não sou o conde de Monte Cristo. Sou aquele que você atirou na prisão. Traiu-me para apossar-se do pouco que eu tinha. Deixou meu pai morrer de fome, como um cão sem dono. Por sua causa, passei muitos anos na pior prisão do mundo. Mas eu o perdoo. Eu sou Edmond Dantés!

Danglars soltou um grito. Tentou falar, mas as palavras ficaram presas na garganta.

– Você tem mais sorte que os outros – continuou Edmond Dantés. – Um morreu, o outro enlouqueceu. Você perderá apenas os cinco milhões de francos, que afinal não eram seus.

– Perdão! – murmurou o pobre diabo. – Perdão, Edmond.

Enfim, depois de receber uma boa refeição, Danglars foi solto no campo, durante a noite. Ficou vagando sem rumo de um lugar para outro, até encontrar um riacho, onde olhou para o próprio rosto no espelho das águas. Mal reconheceu o ancião que viu refletido na água. Tinha envelhecido muito naqueles dias.

O adeus

Monte Cristo e Maximilian Morrel chegaram a Marselha. No cais do porto, encontraram o capitão Jacob, que informou que o navio estava pronto para partir.

– Logo partiremos – disse Monte Cristo.

Na outra ponta do cais, uma mulher vestida de negro aproximou-se.

– Parece-me a senhora Morcerf, a mãe de Albert – disse Morrel, olhando-a atentamente.

Era de fato a senhora Morcerf, ou melhor, Mercedes, que se aproximava deles.

O conde de Monte Cristo foi ao seu encontro e cumprimentou-a.

– Senhora, quero dizer-lhe adeus. Logo partirei para nunca mais voltar à França. O que tinha de fazer em Paris foi feito. Nada mais me prende aqui.

– Meu filho também partiu, para morrer na guerra. Nada mais tenho aqui – disse ela, com a voz embargada.

– Não tema, velarei por ele. Seu filho ficará sob a minha proteção. – Ele falou em voz baixa, como se temesse quebrar aquela paz. – A senhora tem como viver aqui?

– Tenho. Guardei o dinheiro de meu dote, quando deveria me casar com Edmond Dantés. Posso viver com isso. – Fez-se um grande silêncio. Somente os gritos dos marinheiros ao longe e o bater das águas no cais perturbavam a paz daquele dia. – Pensei que Edmond tivesse morrido. Por isso casei-me com Fernand. Eu estava só e tive medo. Deveria morrer também – suspirou.

– Agora está tudo bem, Mercedes. Não há mais culpas para perdoar. Adeus, Mercedes.

– Adeus, Edmond.

Monte Cristo foi ao encontro de Maximilian.

– Jacob partirá para Monte Cristo. Vá com ele. Tenho outras coisas para fazer, mas nos encontraremos lá, muito em breve. – Dito isso, apertou a mão do jovem. – Não esqueça: espere por mim.

– Adeus, senhor – murmurou Maximilian.

Ter fé e esperar

Em 5 de outubro de 1838, Maximilian Morrel pôs os pés, pela primeira vez, na pequena ilha de Monte Cristo. O conde o esperava.

– Bem-vindo, meu caro. Já o esperava – disse.

O jovem devolveu a saudação, sem muito entusiasmo. Acreditava mais naquele homem misterioso do que em qualquer outra pessoa, mas sabia que não lhe devolveria sua querida Valentine.

Ambos caminharam até um rochedo, onde o conde acionou uma alavanca. Uma porta se abriu e apareceu uma grande escadaria esculpida na rocha. Eles desceram a escada e chegaram a um imenso salão, ricamente decorado em estilo oriental. Sobre uma mesa havia as mais exóticas iguarias, frutas raras e vinhos dos mais variados tipos.

– Sente-se – convidou o conde, indicando uma confortável poltrona. Serviu duas taças de vinho e ofereceu uma ao jovem. – Ainda pensa muito em sua Valentine?

– Mais do que nunca. Não consigo pensar em viver sem ela. Por isso quero ir ao seu encontro – disse com a voz arrebatada, própria dos grandes apaixonados.

– Beba – disse simplesmente o conde.

Alguns minutos depois, Maximilian dormiu, sob o efeito de uma poção que o conde havia misturado ao vinho.

Quando acordou, estava recostado confortavelmente num grande sofá; com os olhos ainda fora de foco, tentou ver o que havia ao redor. A imagem de Valentine surgiu diante dele.

– Estou sonhando ou morri e me encontro com meu amor? – disse, com a voz embargada.

Junto de Valentine estava a bela Haydée, com seus vaporosos trajes orientais.

– Meu amor, não é sonho. Estamos vivos e juntos – disse Valentine, ajoelhando-se perto dele.

Maximilian deu um grito e saltou do sofá, abraçando fortemente a jovem, como se temesse que ela evaporasse diante de seus olhos.

Depois de uma hora de júbilo, em que ambos falavam ao mesmo tempo, rindo e se tocando para ter certeza de que não estavam sonhando, Morrel perguntou pelo conde.

– Ele deixou esta mensagem – disse Haydée, entregando-lhe uma carta.

Ele leu:

"Meu caro Maximilian, meu filho,

Jacob o conduzirá em meu outro navio até Livorno. Lá vocês encontrarão o senhor Noirtier, que lhes dará permissão para casar. Tudo que tenho na França, a casa em Champs-Elysées e a propriedade em Auteuil, é seu. Rezem por mim algumas vezes, pois preciso de suas orações. Sejam felizes. E jamais esqueçam estas palavras: ter fé e esperar. Seu amigo, Edmond Dantés. Conde de Monte Cristo"

– Onde está o conde? – perguntou Maximilian, um pouco angustiado.

Jacob apontou para o mar. Ao longe, bem distante, um barco navegava para o oriente.

– Adeus, meu amigo, meu segundo pai – murmurou o jovem, extremamente emocionado.

– Adeus, Haydée – disse Valentine. – Minha amiga, minha irmã. Será que nos veremos novamente?

– Não esqueça o que o conde de Monte Cristo disse: o segredo é ter fé e esperar.

QUEM É JOSÉ ANGELI?

José Angeli Sobrinho nasceu numa pequena cidade do Rio Grande do Sul. Até os quinze anos conviveu com a grande biblioteca da família, onde leu tudo o que encontrou pela frente. Os clássicos da literatura foram seus amigos de infância. Depois disso, lançou-se à aventura. Foi radialista, fotógrafo, agrimensor e redator de publicidade.

Como agrimensor, acompanhou o grande fluxo de migração dos gaúchos para as férteis terras do sudoeste e oeste paranaense, onde conheceu colonos desbravadores, jagunços, contrabandistas, grileiros e posseiros. Com base nessa experiência, escreveu seu primeiro romance, *A cidade de Alfredo Souza*, que trata justamente da colonização do Paraná em suas fronteiras com a Argentina e o Paraguai.

Já radicado definitivamente em Curitiba, continuou suas atividades de escritor e passou também a adaptar clássicos estrangeiros para o português.

Para a Editora Scipione, adaptou as obras *Dom Quixote*, de Cervantes, e *A saga do gaúcho Martín Fierro*, de José Hernández (ambas do castelhano); *Os miseráveis*, de Victor Hugo, e *Os três mosqueteiros*, de Alexandre Dumas (ambas do francês).